Jeden Mittwoch fährt Maurice aus Paris in ein verträumtes Hafenstädtchen in der Bretagne, weil er dort einen beruflichen Auftrag hat. Der stille Mann aus der Hauptstadt stößt auf Misstrauen und Ablehnung bei den rauen Einheimischen, den Fischern und Arbeitern.

Doch dann lässt die Rezeptionistin seines Hotels ihm eines Mittwochs einen Liebesbrief und einen Gedichtband zukommen. Maurice ist verzaubert von den Worten der Frau. Es ist der Beginn einer leidenschaftlichen Affäre, die jeden Mittwoch neu entflammt, den ganzen Sommer lang. Das Paar fühlt sich wie in einem Traum, der zur Reise wird und schließlich zu einer überraschenden Erkenntnis führt.

ALEXANDER OETKER

MITTWOCHS AM MEER

ROMAN

ATLANTIK

Arthur Rimbaud: *Sensation*, *Ophelia* und *Die Ewigkeit* aus:
Arthur Rimbaud: *Sämtliche Dichtungen. Zweisprachige Ausgabe.*
Vollständige Ausgabe April 1997
3. Auflage November 2004
Deutscher Taschenbuch Verlag GmbH & Co. KG, München

Atlantik ist ein Imprint des
Hoffmann und Campe Verlags, Hamburg.

6. Auflage 2024
Taschenbuchausgabe

www.hoffmann-und-campe.de
Umschlaggestaltung: Vivian Bencs © Hoffmann und Campe
Umschlagabbildung: © Nina Heinke
Satz: Pinkuin Satz und Datentechnik, Berlin
Gesetzt aus der Sabon
Druck und Bindung: C.H.Beck, Nördlingen
Printed in Germany
ISBN 978-3-455-01317-7

HOFFMANN
UND CAMPE

Ein Unternehmen der
GANSKE VERLAGSGRUPPE

Mercredi, 17 juillet
Reise ans Meer

I

Er legte den Kopf gegen das Fenster und versuchte zu schlafen. Wenn Maurice das tat, wenn er den Kopf so nah an die kalte Scheibe schmiegte, dann war es ihm, als flöge die Landschaft nicht vorbei, sondern als sei er selbst dort draußen. In diesem gelben Rapsfeld. Die Pflanzen wogten im Wind, als führten sie einen rhythmischen Tanz auf.

In der Spiegelung sah er sich selbst. Er konnte sein Gesicht in Graustufen erkennen, weil die Sonne die Farben stahl. Maurice berührte wie automatisch seine Wange, er hatte sich am Morgen ganz glatt rasiert. Der einzige Schimmer auf seinem Spiegelbild stammte von der alten Lampe mit dem roten Schirm aus Plastik, die auf dem Tischchen angebracht war. Er mochte dieses Überbleibsel aus den Achtzigern, das die alten TGVs noch besaßen. In Paris hatten irgendwelche Retrocafés sicherlich damit schon ihre Einrichtung bestückt.

Auf dem Gare Montparnasse hatte er sich an diesem Morgen eingebildet, dass er gleich im Zug gut würde arbeiten können. Endlich Ruhe, kein Handynetz, keine Erreichbarkeit.

Es würde Zeit sein für die E-Mails, die Bilanz des zweiten Quartals, das wichtige Schreiben ans Insolvenzgericht.

Doch kaum saß er und hatte seinen Laptop aufgeklappt, verschwammen schon die Zahlen vor seinen Augen. Die schwarzen Umrisse der Tabellen, die Cynthia am Vorabend geschickt hatte, sahen aus, als seien sie verrutscht, als hätte Excel einen über den Durst getrunken.

Dieser Zug machte ihn immer so müde. Jeden Mittwoch um acht Uhr bildete er sich ein, dass es diesmal anders sein würde. Jeden Mittwoch um halb neun wusste er, dass es keinen Sinn hatte, auch nur zu versuchen, sich zu überwinden. Die rasante Fahrt, das Rattern, die Gleichförmigkeit der Bewegung, all das machte ihn so müde.

Das Licht schien fahler zu werden, je tiefer sich der Zug seine Schneise gen Westen grub. Die Bauernhäuser draußen wurden vereinzelter, die Felder breiter, länger, so säuberlich angeordnet, als hätten die Traktoren ihren eigenen Sinn für Ästhetik.

Der Bahnhof von Rennes war für schnelles Umsteigen wie geschaffen, niemand wollte hier ausharren. Kaum saß er im Vorortzug nach Saint-Malo, fuhr der mit diesem elektrischen Surren an, sie glitten beinahe lautlos in die Ebene.

Ihm war dieses fruchtbare Land hier oben fremd. Es machte ihm ein schlechtes Gewissen, weil es so sehr nach Arbeit aussah. Die Menschen füllten die Speisekammern der Nation. Dort, wo er herkam, gab es nur karge rote Strände und reichlich Wind, nichts, was man auf einem Wochenmarkt kaufen konnte.

Maurice konnte die Abfolge langsam auswendig: Zuerst, kurz nach den Gewerbegebieten der Stadt, kamen die Gewächshäuser für die Tomaten. Später der Blumenkohl. Und dann natürlich die Artischocken, für die ganz Frankreich die Bretagne pries. Er hatte das nie verstanden, diese umständliche Pulerei, dieses Rumgebeiße auf den Blättern.

Nach den Feldern kamen die Wälder; dunkel, Steine, überall Steine. Ab und zu wand sich ein Flüsschen unter dem Zug durch. Pontchaillou, Combourg, Dol de Bretagne – ab dem Moment, in dem er den Fahrplan der Haltestellen auswendig konnte, wusste er, dass eine Liquidation mal wieder zu lange dauerte.

In La Gouesnière stieg er aus. In Cancale, dem Ort, in den

er eigentlich musste, gab es nur einen Busbahnhof, er lag zu weit von der Bahnstrecke entfernt. In La Gouesnière lag der nächste Bahnhof. Ein schmaler Betonstreifen mit einem blauen Ortsschild. Fast zu übersehen.

Er zog seinen Koffer hinter sich her, einmal über die Gleise, eine Treppe gab es hier nicht. Der Pick-up des Alten stand mit laufendem Motor drüben an der Bushaltestelle. Als Maurice näher trat, sah er, wie eine Kippe aus dem Fenster geworfen wurde.

Als er die Tür öffnete, blickte der Alte ihn an wie jedes Mal, als sei er verwundert über sein plötzliches Auftauchen. Vielleicht war es aber auch nur sein normaler Blick.

»Bonjour, Monsieur. Gute Fahrt gehabt?«

Die Frage war nur ein Ritual.

»Danke.«

Der Wagen, ein alter grauer Toyota, fuhr an, obwohl Maurice nicht angeschnallt war. Im Radio lief France Info, doch der Diesel übertönte die Stimme des Ansagers. Maurice wusste mittlerweile genau, wie die nächsten zwölf Minuten ablaufen würden: hinein nach Saint-Méloir-des-Ondes, rechts ab nach Saint-Benoît, die Départementale hoch bis Les Portes, scharf rechts auf die neue Landstraße, die erst in die Oberstadt führte und dann hinunter zum Hafen.

Der Alte redete nicht, seine Hände umklammerten fest das Lenkrad, aber es wirkte so ungelenk – Maurice war sich sicher, dass sein Chauffeur es nur für ihn tat und sonst wohl mit dem Knie lenkte. Eine Hand hatte er sicher stets am Handy – mit wem sprach dieser Mann eigentlich? Mit der anderen hielt er die Zigarette. Seinem Fahrgast aber wollte er beweisen, was für ein vertrauenswürdiger Angestellter er war.

Maurice hatte vergessen, wie der Alte hieß. Es ärgerte ihn. Er war darauf geschult, sich derlei zu merken. Der Mann holte ihn jede Woche ab, 10.41 Uhr in La Gouesnière. Im Pick-up der Firma, einem von vier Dienstwagen.

Er war kein Chauffeur, er war der Hausmeister der Halle, putzte die wenigen Fenster, die es gab, und war Mädchen für alles. Maurice dachte in diesem Moment, dass der Mann vermutlich der letzte Angestellte sein würde. Derjenige, der die Rollläden herunterlassen, mit dem Schlüssel die Tür der Fabrikhalle abschließen, das Firmenschild über dem Portal abschrauben würde.

Hinter Les Portes wurde die Straße schmaler. Die Steinhäuser auf der Rechten, deren Dächer keck über die dauergrüne Hecke hervorlugten. Rechts die sonnenbeschienene Sichelbucht, spiegelglatt bis zum Horizont, weil das fahle Licht alles in ein grelles Weiß tauchte, sodass er die Augen zukneifen musste, damit sie nicht tränten.

Ebbe. Der Alte hatte das Fenster offen gelassen, sein dunkelbrauner muskulöser Arm hing heraus. Der Geruch, der hereindrang, war zum Begleiter dieser Tage geworden: eine Mischung aus Algen und Tang und Salz, auch Fisch, es roch nicht nur hier so, auf dieser gewundenen Straße, sondern auch unten im Ort und in der Fabrik.

Kurz wagte Maurice einen Seitenblick zum Fahrer, der stumm den Hügel hinabfuhr. Er sprach nie in diesen zwölf Minuten. Bis auf die Eingangsfrage kein Wort. Die Szenerie wechselte: nun die bretonischen Häuser aus Feldsteinen. Es sah aus wie in Cornwall, nur mit Sonne. Die Bebauung wurde dichter, und hinten rechts tauchte schon der Quai auf, für den der Ort berühmt war. Der Alte grummelte, weil vor ihm zwei Kleinwagen bremsten. Davor stand ein Wohnmobil quer, gelbes Kennzeichen, Holland. Er drückte fest auf die Hupe, lange und ausdauernd, sodass die Passanten zu ihnen hineinsahen, Maurice machte sich auf seinem Sitz kleiner. Nach Minuten hatte das Wohnmobil gewendet, sie konnten weiter, vorbei an den Restaurants, der Crêperie, die er immer mied, den Souvenirgeschäften. Auf dem Quai Gambetta drängelten sich die Menschen, dabei hatte die Saison noch gar nicht recht angefangen. Bis August musste er diesen Auftrag wirklich abgewickelt haben, dann würde es hier unerträglich.

Hinter dem großen Parkplatz bremste der Alte abrupt und hielt vor der Halle. Schwarzes Holz war gestapelt, Bohle an Bohle, einige Netze hingen davor, Ausstellungsstücke, als würden Touristen schnell ein paar Fischernetze mit nach Hause nehmen wollen.

Er bedankte sich und stieg aus. Er hatte gerade eben beide Füße auf den Gehsteig gesetzt, da fuhr der Pick-up wieder an. Wohin der Alte jetzt fuhr, konnte Maurice nicht sagen. Auch nicht, was er genau tat, an jedem Mittwochvormittag. Manchmal tauchte er den ganzen Tag nicht wieder in der Fabrik auf. Die ehemaligen Bosse hatten die Dinge wohl allzu lange schleifen lassen. Deshalb war Maurice nun hier.

Er stand vor der Fabrik und klopfte sich erst einmal den Staub vom Sakko, da waren auch Hundehaare dabei.

Die Luft lag voller Gerüche, die von den Austernbänken, welche keine zweihundert Meter von hier im Hafenbecken lagen, herüberwehten. Er verspürte auf einmal Lust, dort entlangzuspazieren, doch der Blick auf die Uhr bremste ihn. Er zog den kleinen Reisekoffer zur Tür und öffnete sie. Beim ersten Mal hatte er Lärm erwartet, die Geräusche von Maschinen. Er war erstaunt gewesen, wie ruhig es hier war. Die Stille war der Beleg für die Zahlen, die er in den Bilanzen gefunden hatte. Ein Rückgang der Nachfrage, ein Rückgang des Umsatzes, die Freistellung von Saisonkräften. Zwei Dutzend Angestellte waren übrig. Sie webten an den Netzen oder klebten die Austernsäcke zusammen, die ihre Kollegen in der Nachtschicht mit Draht gebunden hatten. Weiter hinten standen die Männer zusammen und tranken Kaffee, den sie auf der kleinen Kochplatte gemacht hatten. Maurice sah schnell weg. Wenn die Arbeitsaufsicht hier wäre und die Kochstelle mit offener Flamme über einer Gasflasche sehen würde, wäre die Halle sofort zu.

Die Frauen an den Werktischen weiter vorn sprachen leise miteinander. Eine von ihnen blickte auf und nickte Maurice zu. Sie war jünger als die anderen. Sofort ebbten die Gespräche ab. Er wusste, dass sie ihm misstrauten. Paris. Ihr Urteil manifestierte sich in seiner Herkunft. Vielleicht mochten sie ihn auch wirklich nicht, dachte er, aber wahrscheinlich lag es daran, dass er über sie heraufgezogen war wie ein Herbststurm. Eine letzte Zumutung, bevor das Unvermeidliche geschehen würde. Sie kannten ihn nicht, er kam von außen, um sie zu retten, ein Außerirdischer, mit seinem Rollkoffer und dem Sakko aus Tweed.

Er ging die Stiege hinauf, die unter ihm knarzte, oben lagen nur zwei Büros. Ein kleines Dachfenster ließ ein wenig streifiges Sonnenlicht durch. Er öffnete die Tür zu seinem Verschlag, sofort begannen die Staubkörner zu tanzen. Er stellte den Koffer hinein und ließ die Tür offen, damit der Raum durchlüften konnte. Dann ging er nach rechts und klopfte an die Tür, bevor er öffnete. Madame Le Goff war die Einzige, die ihn hier anlächelte und die in den letzten Wochen mehr als drei Worte mit ihm gewechselt hatte. Sie warf einen Blick auf die Uhr.

»Monsieur, Sie sind früh dran.«

»Bonjour, Madame Le Goff.«

Sie war beim Friseur gewesen, die grauen Haare waren erst vor wenigen Stunden gelegt worden, im Raum roch es nach Haarspray. Sie wusste nicht, was sie mit ihrer vielen freien Zeit machen sollte. Der Chef war ihr abhandengekommen, er saß in irgendeinem Haus an der Küste und wartete auf seinen Prozess. Ihr neuer Ansprechpartner kam nur einmal in der Woche.

»Wie war Ihre Anreise?«

»Wie immer sehr komfortabel. Wie war die Woche bisher?«

»Eine Kündigung, Madame Lefoyer, sie arbeitet jetzt im *Carrefour* in Saint-Malo, war näher an ihrem Wohnort.«

»Gab es neue Aufträge?«

Sie sah auf ihren Bildschirm, als könne sie sich nicht erinnern und müsse nachsehen. Dann schüttelte sie den Kopf.

»Eine Stornierung aus Arcachon. Einhundert Austernsäcke.«

Er verzog das Gesicht.

»Die Fischer sind unsicher, ob wir noch liefern können.«

»Es ist gar nichts hinzugekommen?«

Sie legte den Kopf schief, als würde sie schwer hören, vielleicht war es auch nur eine Übersprungshandlung, als wage sie es nicht zu verneinen. Er stützte sich auf ihrem Schreibtisch auf. Es war nicht seine Art, Nähe zu seinen Untergebenen auf Zeit herzustellen, aber er konnte mit der Stärke dieser Frau nicht umgehen und wollte ihr zeigen, wie wichtig es ihm war.

»Rufen Sie den Chef des Austernsyndikats von Cancale an. Ich möchte mit ihm sprechen. Morgen Vormittag. Wir brauchen einen großen Auftrag, sonst wird das ganz schwer. Ich bin Insolvenzverwalter – und kein Zauberer.«

Er hatte diese Floskel bei einem mehrtägigen Managerseminar aufgeschnappt. Damals fand er sie gut und richtig. Doch obwohl er sie mittlerweile unbändig hasste, wurde er sie nicht mehr los. Er räusperte sich verlegen.

»Gut, ich rufe Serge an und bitte ihn herzukommen.«

»Ich danke Ihnen. Ich bin in meinem Büro. Bitte keine Anrufe bis zum Mittag, ich sitze über den Büchern.«

II

Niemand hatte ihn in diesem Büro bisher angerufen. Nun gut, bis auf seinen Vater. Er hatte wohl sicherstellen wollen, dass sein Sohn wusste, was dessen neuer Arbeitsort für die Familie bedeutete: nur eine weitere Demütigung.

Die Zeit bis zum Mittag verging wie im Fluge, obwohl er nichts tat, als geschriebene Zeilen zu überfliegen. Er erkannte den Fortgang des Tages nur daran, dass es unter dem Dach immer heißer wurde. Es war ihm ein Rätsel, wie Madame Le Goff es hier am Nachmittag aushielt. Die dünnen Holzbohlen dämmten das Stockwerk nicht, sie ließen es stattdessen glühen. Im Winter musste es noch unerträglicher sein. Aber im Winter würde er nicht mehr hier sein.

Er besah sich die Fixkosten, beantwortete zwei Nachrichten vom Gericht aus Rennes, überflog die Tabellen und rechnete die verbliebenen Aufträge durch. Sie brauchten mehr, ganz klar. Er stöpselte den Laptop an den Strom, dann nahm er seinen Koffer und blickte in das Büro der Sekretärin. Es war leer. Er stieg die Treppen hinab und ging durch die nun leere Halle.

Maurice trat hinaus und sah die Angestellten der Firma, sie saßen alle drüben, im einzigen traditionellen Lokal, das das Städtchen noch besaß und das die Touristen den Bewohnern noch nicht abgetrotzt hatten. Einmal war er mit Madame Le Goff dort gewesen. Er hatte darauf bestanden, obwohl sie lieber woanders essen wollte. Doch es war ihm wichtig zu sehen, wo die Mitarbeiter aßen. *Entrée, Plat, Dessert* für acht Euro, ein Glas Muscadet inklusive.

Als er jetzt hinaustrat in die Sonne, sahen alle hinüber, als hätten sie auf ihn gewartet, dann wandten sie schnell den Blick ab. Nur Madame Le Goff schob ihre Sonnenbrille ins Haar und hob winkend den Arm, er nickte herüber, eine erkennende Geste.

Er hatte Hunger, doch er wollte zuerst den Koffer wegbringen. Langsam drückte das Wasser in die Bucht, die ersten Boote, die weiter draußen lagen, waren schon angehoben worden und schaukelten in der braunen Brühe. Er ging an den Austernständen vorbei, zwei alte Männer überboten sich mit Anpreisungen, einer hatte einen riesigen Anker auf seinen faltigen Arm tätowiert. Unten in der Bucht machten ihre Söhne die Ernte des Tages fest, bevor die Flut die Bänke wieder überschwemmen würde. Sie standen mit Gummistiefeln in dem kniehohen Wasser der Zuchtbecken, die, von grünen Algen umrankt, dalagen. Die Muschelfischer ließen unterdessen ihre Traktoren an Land rollen, bevor die Flut kam. Bei Ebbe fuhren sie mit den Gespannen ganz nach draußen, was merkwürdig aussah: die dicken Reifen der John-Deere-Modelle, die am Horizont auf und ab rollten, gleich dahinter das Meer. Die Möwen pickten im schon nassen Sand umher, ihre Geräusche waren gleichmütig, als würde sie nichts überraschen können.

Maurice überquerte die Place de la Chapelle, die Rue du Port stieg steil bergan, jedes Haus ein Stück höher als das vorherige, eine Kaskade von dunklem Stein und den Schornsteinen, die den Berg nachzeichneten.

Die Sonne lugte hinter einem Dach hervor, ein schräger Lichtstreifen. Ihm war, als müsste er sich plötzlich konzentrieren, er wusste nicht, warum. Das siebte Haus auf der linken Seite war höher als die anderen, drei Etagen, zwölf Zimmer. Er klingelte, die Tür surrte sofort. Eigentlich war es zu früh, um einzuchecken. Aber in den letzten Wochen war er stets zu dieser Stunde gekommen, und sein Zimmer war immer schon bereit gewesen.

Er stieg die paar Stufen hinauf, erblickte den Tresen, eine Leselampe beleuchtete den Kasten mit den Ausflugstipps, dem Gezeitenkalender und den wartenden Zimmerschlüsseln. Maurice trat von einem Fuß auf den anderen.

Er hörte ihre Schritte erst, als sich die Tür zum hinteren Raum schon öffnete, und als sie dann dastand, musste er sich kurz auf der Theke abstützen. Er musste es einfach tun, weil er sonst gestolpert wäre, umgefallen gar. Er hatte sie hier noch nie gesehen, die letzten Wochen war immer eine andere, ältere Frau da gewesen.

»Bonjour?«

Nur ein Wort, aber die Fröhlichkeit ihrer Stimme ging ihm durch und durch.

»Bonjour, Madame. Ich habe ein Zimmer reserviert, ich bin Monsieur van der Berge.«

Es war schummrig, deshalb musste er zweimal hinsehen, um ihre Erscheinung mit dieser bescheidenen Rezeption aus Holzfurnier zusammenzubringen. Sie kniff die Augen ein wenig zusammen, er stand im Gegenlicht, doch dann lächelte sie. Irgendwas Fragendes war da in ihrem Blick, Überraschung? Als erkenne sie ihn, könne ihn aber noch nicht einordnen. Es konnte nicht sein, er hatte sie noch nie gesehen, da war er sich sicher. Sie sah einen Moment zu lange zu ihm, dann erst räusperte sie sich und senkte den Kopf. Dabei fielen ihr die langen Haare ins Gesicht, sie wischte sie mit einer Geste zurück, schlug ihr Reservierungsbuch auf und blätterte darin, überschlug die Seiten, als müsste sie etwas prüfen. Er fand es beinahe intim, sie dabei zu beobachten. Er starrte – warum starrte er sie an? Es gelang ihm einfach nicht, seinen Blick von ihr zu lösen.

Da war etwas, ihr dunkler Teint, die Art, wie sie sich konzentrierte, die Ruhe, die sie ausstrahlte, ihre Lebendigkeit, die den Raum sofort heller erscheinen ließ.

Sie hob den Kopf wieder, als wollte sie prüfen, dass er

noch da war, dass dieser Moment echt war, und als sie es sah, lächelte sie wieder.

»Ich wusste, dass heute ein merkwürdiger Tag werden würde, schon am Morgen wusste ich es. Kennen Sie das?«

Er nickte, weil ihm nichts einfiel, das er erwidern könnte. Und obwohl der Gesprächsbeginn so merkwürdig war, machten ihre Worte ihn nur noch nervöser.

»Jedenfalls ist es so, Monsieur van der Berge, ich sehe Ihre Buchung von letzter und vorletzter Woche. Ich sehe auch die Reservierungen nächste und übernächste Woche. Ich weiß, Sie sind der Mann, der immer am Mittwoch kommt. Für eine Nacht. Ich war einige Zeit im Urlaub, deshalb kann ich es mir nicht erklären.« Sie ließ die Arme sinken, als näherte sich die Zeit des Geständnisses. »Es ist so: Ich habe keine Buchung für heute, ich habe alles durchgeschaut, da ist nichts.«

Er verstand nun ihre roten Wangen und sagte fast reflexartig:

»Ich weiß nicht, vielleicht ist etwas schiefgegangen, ich ... Können Sie mir ein anderes Zimmer geben? Ich bestehe nicht auf Zimmer sieben.«

»Das ist es ja«, sagte sie, »wir sind komplett ausgebucht, es ist verrückt, wir haben gerade eine ganze Woche das Haus voll, so viele Urlauber sind früh in der Saison gekommen, das ist noch nie passiert. Vogelbeobachter, eine Gruppe aus Südengland. Es tut mir wirklich sehr leid, aber ich fürchte, ich kann nichts machen.«

Er schüttelte den Kopf und spürte, wie sein Kopf rot wurde, er mochte keine Überraschungen. Er holte sein Handy hervor, das Licht beruhigte ihn, der Bildschirm bildete eine Ordnung der Dinge. Er suchte in der App seine Buchungen, dann hielt er das Handy über den Tresen.

»Hier, sehen Sie, meine Buchung, ich habe eine ordnungsgemäße Buchung für heute.«

»Ich weiß, Monsieur, ich weiß, das habe ich ja schon gesagt. Es ist mir unerklärlich, wie das passieren konnte – ausgerechnet bei Ihnen. Ich verspreche, das passiert nie wieder. Aber diesmal … Ich habe kein Zimmer. Ich würde Ihnen gerne eines bauen, aber das schaffe ich nicht bis heute Abend …«

Sie lachte offen, und er ärgerte sich, dass er zu nervös war, um den Scherz angemessen zu würdigen. Er wollte wütend sein, er war gerne aufbrausend in solchen Momenten, es war das Verhalten, das er sich von seinem rigiden Vater abgeschaut hatte – der brachte die Menschen immer dazu, sich zu beugen. Aber hier? Er konnte es nicht, irgendwas hielt ihn zurück.

»Und was mache ich nun?«, fragte er freundlich und irgendwie verlegen.

Sie überlegte kurz, zwei Finger spielten mit einer Haarsträhne, dann wurden ihre Augen klarer, als habe sie etwas entschieden.

»Ich habe eine Idee. Eigentlich müsste ich das mit der Besitzerin besprechen, aber es wird schon gehen. Ich rufe in einem Hotel außerhalb der Stadt an, ein sehr schönes Hotel. Sie werden es nicht bereuen. Ich habe noch etwas gut bei denen. Es ist … nun ja, sehr exklusiv. Viel teurer als unser Haus. Ich werde Sie dort einbuchen, die Differenz zahlen wir, es war ja unser Fehler. Sind Sie einverstanden? Bitte … tun Sie mir den Gefallen, nehmen Sie es an.«

Sie wartete seine Antwort nicht ab, sondern notierte etwas auf einem Zettel, sie schrieb in schöner Schrift, ihre Hand flog über das Papier.

»Hier, ich schreibe Ihnen die Adresse auf. Nehmen Sie ein Taxi vom Hafen, es kostet acht Euro, nicht mehr. Ich rufe dort an, es wird alles glattgehen. Fahren Sie heute Abend hin, ich verspreche, Sie werden dort wunderbar schlafen.«

Sie sagte es, als dulde sie keine Widerrede, als habe der Plan schon lange festgestanden. Die Frau gab ihm den Zettel, als er ihn annahm, waren ihre Finger für eine Sekunde an seinen. Sie trat einen Schritt zurück und blickte ihn fragend an.

»Sagen Sie, Monsieur van der Berge, ich frage mich, seit Sie hineingekommen sind, ob Sie …«

Er nahm seinen Koffer in die Hand, weil sie nicht weiterredete und weil er nicht wusste, was er sonst tun sollte. Doch dann schüttelte sie den Kopf und senkte ihren Blick.

»Ja, Madame?«

»Nein, nein, ich … Es ist nichts, entschuldigen Sie, ich wollte Sie nicht verwirren.«

Wieder eine Pause, dann wurde sie plötzlich geschäftig.

»Darf ich Ihnen noch damit helfen?«

»Hmm?«

Sie zeigte auf den Koffer, und Maurice verstand, aber winkte ab.

»Nein, nein, ich danke Ihnen.«

»Haben Sie einen schönen Tag, wir sehen uns bald.«

»Wie bitte?«

»Na, nächste Woche, wir sehen uns nächste Woche.«

»Ähm, ach so«, er musste nun mitlachen, »ja, stimmt. Merci, Madame.«

Er musste sich richtig losreißen, so sehr lag ihr Blick auf ihm. Er nahm die kleine Treppe, bei der vorletzten Stufe verfehlte er das Holz, sein Fuß rutschte ab, der Koffer knallte gegen die steinerne Wand, er fing sich.

»Alles in Ordnung?« Ihre Stimme ertönte von oben.

»Alles gut, Verzeihung!«, rief er. Dann öffnete er die Tür, trat hinaus und betrachtete die Straße und den blauen Himmel, als sehe er beides zum ersten Mal. Maurice schloss für einen Moment die Augen, bis sich ein älteres Touristenpärchen unsanft an ihm vorbeidrängelte. Er hatte mit seinem Koffer den schmalen Gehsteig blockiert. Er ging den Berg hinunter bis zum Hafen und setzte sich auf eine Bank. Auf der Mauer gegenüber saßen Urlauber und aßen Austern von Plastiktellern. Er faltete den Zettel auseinander, sie hatte ihn säuberlich Ecke auf Ecke gelegt.

Chateau Richeux stand darauf und eine Straße, die Départementale westlich von Saint-Méloir-des Ondes, dazu eine Telefonnummer. Er staunte, er wusste von diesem Hotel und fragte sich, in welcher Beziehung die kleine Pension in dem düsteren Haus und diese Herberge zueinander standen.

Wir sehen uns nächste Woche, hatte sie gesagt. Und er hatte nur rumgestottert.

Er wäre gerne am Strand entlanggegangen, bevor die Flut die letzten Reste des Sandes überspülen würde, aber er kam sich unpassend vor in seinem Sakko, dessen dicker Stoff ihm den Schweiß auf die Brust trieb. Unten lagen Familienväter unter bunten Sonnenschirmen, während die Mütter an der Wasserkante mit kleinen Kindern eine Burg bauten. Ein Paar lag eng umschlungen auf einem quietschbunten Handtuch unter dem fahlen Himmel. Er verspürte ein Stechen im Bauch.

Maurice ging auf die Fabrikhalle zu, als die Arbeiter zurückkehrten. Sie zogen ein wie die sieben Zwerge, es fehlte nur noch, dass sie ein kämpferisches Brigadistenlied sangen. Sie grüßten nicht, sie schienen ihn nicht einmal zu beachten. Er zog seinen Koffer hinter sich her und wechselte die Straßenseite. Auf dem Tisch der Arbeiter standen noch die leeren Gläser, die Tischdecke war voller Brotkrumen. Er setzte sich. Die Kellnerin sah ihn stirnrunzelnd an. Er bestellte das *Menu du jour*. Sie blickte in der Gegend umher.

»Nur bis 14 Uhr.«

»Es ist vier Minuten vor zwei.«

»Eben.«

»Was gibt es denn noch?«

»Salate. Eine *Plat Direct*: Hühnchen und Pommes. Oder Austern.«

Er bestellte eine *Salade niçoise*, die ungefähr so gut hierher passte wie Spaghetti all' arrabiata.

»Wein?«

»Danke, nur ein *Badoit*.«

Sie nickte so deutlich, als sei diese Bestellung keine Überraschung, und als sie wiederkam, stellte sie die grüne Wasserflasche vor ihn hin, als habe sie ihn endgültig verlorengegeben. Gott sei Dank war er gar nicht richtig hier. Auch nicht, als der Teller mit dem Salat kam, der freudlos war wie dieser Tag, ohne Anchovis, sogar ohne Ei. Nur Zwiebeln gab es reichlich und Thunfisch. Und doch korrigierte er sich in Gedanken: Freudlos war der Tag nur bis vorhin gewesen, bis zu diesem Augenblick, von dem er nicht wusste, was er bedeuten sollte.

Er aß, zahlte, gab ein gutes Trinkgeld und machte sich wieder auf den Weg in seine erste Etage, die mittlerweile aufgeheizt war wie eine Schwedensauna. Madame Le Goff zog es zu dieser Stunde vor, unten in der Halle mit den Arbeiterinnen zu schwatzen, so hatte er Zeit und Ruhe, sich ohne Störung über die Zahlen zu beugen.

Er konnte nicht sagen, wie spät es war, aber er spürte, dass er schon wieder großen Durst hatte. Es musste also viel Zeit vergangen sein. Auf einmal stand Madame Le Goff in der offenen Bürotür.

»Ich gehe jetzt, Monsieur van der Berge. Der Chef des Syndikats wird morgen um zehn hier sein. Einverstanden?«

»Danke, Madame.«

Er ärgerte sich, weil er seine Abreise nach hinten würde verschieben müssen. Doch Madame Le Goff war schon verschwunden. Er dachte über sie nach. Es schien, als sei sie die Einzige hier, die die Pleite der Firma nicht fürchtete. Sie schien den lässigen Arbeitsalltag zu genießen, der wie ein großer Zufall über sie hereingebrochen war. Bei ihren Fähigkeiten und ihrem Netzwerk würde sie binnen Tagesfrist einen neuen Arbeitsplatz finden. Wie viele Jahre bis zur Rente hatte sie wohl zu überbrücken?

Doch eigentlich – eigentlich war er in seinem Kopf gar nicht bei Madame Le Goff, schalt er sich. Er konnte seit drei Stunden nur noch an die junge Frau mit den langen roten Haaren denken, die ein Sommerkleid getragen hatte. Er blickte auf den Bildschirm, der sich ausgeschaltet hatte und nun sein Bild zurückwarf: sein Gesicht, die hohen Wangenknochen, die er schon als Kind gehabt hatte, das leicht verwuschelte Haar, sein Kinn, das er zu groß fand, das Frauen aber immer als markant bezeichnet hatten. Er hatte lange nicht mehr darüber nachgedacht, wie er auf andere wirkte, also nicht als Anwalt, nein, sondern als Mann. Aber jetzt, nach dieser Begegnung, fragte er sich doch, was der Grund sein könnte, dass ihn in diesem kleinen Raum in einer Pension am Ende der Welt so ein Blitz getroffen hatte. Warum nur, warum hatte sie ihn so angesehen?

III

Maurice bereitete das Gespräch mit dem Chef der Austernzüchtergewerkschaft vor. Ihn ins Boot zu holen, war das Ziel – gewissermaßen der Clou, um die Firma zu retten. Danach schrieb er eine E-Mail an seinen Vater, in der er vom Fortgang der Geschäfte in der Bretagne berichtete. Er hatte nur Gutes zu sagen, bald wäre die Firma gerettet, und wenn nicht, dann wäre es nicht seine Schuld. Er suchte im Internet nach der Nummer des Taxirufs und rief eine Frau an, die den gewünschten Transport nach Minuten umständlich bestätigte. Dann nahm er den Koffer und trug ihn zum zweiten Mal an diesem Tag die Treppe hinunter. Die Nachtschicht betrat gerade die Halle, sechs, sieben Männer, die noch weniger sprachen als die von der Tagschicht. Ihnen allen gemein war eine blasse Haut, als würden sie den Tag ausschließlich im Bett verbringen. Er hätte gerne einmal Mäuschen gespielt, hätte gerne erfahren, worüber sie sprachen, wen sie vermissten, wenn der Mond am höchsten stand.

Er stand vor der Halle, gerade als ein kleiner Peugeot um die Ecke zum Parkplatz bog und vor ihm hielt. Eine Frau mit einer roten Dauerwelle stieg aus und grinste breit.

»Haben Sie ein Taxi zum *Richeux* bestellt?«

Sie fuhren die kleine Dorfstraße hinauf, das Meer nun zur Linken.

»Nobler Kasten, bin nie drin gewesen. Sind Sie reich?«

Ein Pariser Taxifahrer hätte sich eher die Zunge abgebissen, als diese Frage zu stellen. In Paris redeten sie, wenn überhaupt, nur über die unfähigen Politiker. Aber hier auf dem Land, in der Bretagne, ging es direkter zu, als Maurice es manchmal ertrug.

»Nein, es war nur Zufall, mein Hotel war überbucht, und dieses hat man mir als Ersatz angeboten.«

Er blickte verlegen aus dem Fenster. Die Frau betrachtete ihn im Rückspiegel, als sei er wahlweise ein Märchenprinz oder ein Märchenerzähler.

»So ein Glück möchte ich auch mal haben. Unsereins hat nicht mal zwei Richtige in der Lotterie.«

Als sie nach links abbog und den kleinen Kiesweg entlangraste, dass die Steine nur so flogen, konnte er den Blick nicht von dem Haus abwenden, das rasch näher kam. Haus, nein. Es war ein veritables Château, der Name täuschte nicht. Er erinnerte sich, davon gelesen zu haben. Der Inhaber war ein Dreisternekoch, der in der gastronomischen Welt als der Herr der Kräuter galt.

Das Schloss war eine Trutzburg, dunkler Stein, spitze Zinnen, weiße Sprossenfenster. Dahinter war das Meer zu sehen, eine weite Fläche, es begann direkt hinter dem Felsen, auf dem das Château thronte.

Maurice zahlte und stieg aus, ging die paar Schritte über den knirschenden Kies und betrat durch das Portal die hochherrschaftliche Lobby.

Die Decken des Eingangsbereiches waren sicher acht oder neun Meter hoch, es gab helle Säulen, von denen die breite Holztreppe, welche nach oben führte, eingefasst war. Es roch nach einem teuren Raumparfum. Er trat an den kleinen Empfangstresen, hinter dem eine junge Frau in einer schwarzen Bluse lächelte, als warte sie nur auf ihn.

»Herzlich willkommen im *Château Richeux*. Ich nehme an, Sie sind Monsieur van der Berge? Ihre Ankunft wurde mir schon avisiert.«

»Ja, vielen Dank. Ich habe ... nein, man hat für mich ein Zimmer reserviert.«

Sie schlug das Reservierungsbuch zu und lächelte ihn an. »Bienvenue. Madame Vial hat vorhin angerufen.« Bei der Erwähnung ihres Namens zuckte er leicht zusammen. »Es hat alles seine Ordnung. Zimmer zweiunddreißig, eines unserer schönsten. Es ist gleich die Treppe hinauf, mit einem herrlichen Blick aufs Meer. Sie hatten sicher einen harten Tag: Ich empfehle Ihnen ein schnelles Bad im Meer, bevor Sie zu uns zum Apéro kommen, danach haben wir für Sie einen schönen Tisch in unserem Gourmetrestaurant reserviert.«

»Ähm, vielen Dank, das ist sehr nett. Aber ich fühle mich erschöpft. Ich würde gern auf dem Zimmer bleiben und dort etwas essen, eine Suppe vielleicht?«

Ihr Blick veränderte sich nur kurz, gleich darauf war da wieder dieses freundlich-offene Lachen.

»Natürlich, Monsieur van der Berge.«

Doch irgendetwas durchfuhr ihn, und es war nicht die Feststellung, dass er ja zum Mittag schon Salat gehabt hatte, nein, es war vielmehr so, als sei dies eine Gelegenheit, eine einmalige Gelegenheit, nicht das Essen, nein, das alles hier, das alles.

»Hören Sie«, sagte er, und seine Stimme war nun fester, »keine Suppe, vielleicht gibt es Meeresfrüchte, kann ich vielleicht Meeresfrüchte auf mein Zimmer bekommen? Wäre das wohl möglich?«

Nun strahlte sie. »Natürlich, wir servieren Ihnen ein Plateau mit einer Auswahl auf Ihr Zimmer. In einer Stunde? Wasser steht in der Zimmerbar für Sie bereit.«

»Vielen Dank.«

Er ging langsam die Treppe hinauf. Er spürte, wie sie ihn beobachtete.

Die Tür zu Zimmer zweiunddreißig war zweiflügelig. Er dachte wieder darüber nach, welchen Stein die junge Rezeptionistin unten in Cancale bei dem Boss dieser Luxusherberge im Brett hatte. Es piepte dreimal, als er die Karte an die Tür hielt, dann betrat er das Zimmer.

Das Licht war sanft in dem großen Raum. Es fiel durch die zwei doppelten Fenster mit den Sprossen, die weiß gestrichen waren. Die Farbe schien ganz frisch, es war ein strahlendes Weiß, das durch die Abendsonne noch klarer erschien. Der Baum, der vor dem Fenster stand, wiegte sich sanft im Wind. Es war nicht viel Wind, es war einer dieser typischen Frühsommertage in der Bretagne. Sicher würde das Fleckchen Erde am Rande der Welt wieder einen Sommer erleben, der keiner war. Es regnete viel hier oben, er kannte all die Witze über das bretonische Wetter.

Er betrachtete den Raum: das breite Bett mit der gewebten Tagesdecke, ein Bild der Bucht hing darüber, ein Original, die Möbel waren alle aus altem dunklem Holz.

Er hatte erst diesen Moment gebraucht, ehe er ans Fenster treten konnte. Die Aussicht war überwältigend: Maurice stand genau im Rahmen und sah nach vorn, dadurch hatte er den Eindruck, als würde er über dem Meer schweben. Die Flut musste mittlerweile ihren Hochstand erreicht haben. Die Sonne schimmerte auf den kleinen Wellen, er konnte von hier oben gar nicht sehen, wo der Strand war, an dem das Meer anlandete.

Er senkte den Blick. Zwischen den Oleandersträuchern im Garten hindurch schlängelte sich der Weg hinunter, dahin, wo er den Strand vermutete. Neben dem Weg stand eine Bank aus weißem Holz. Darauf saßen zwei Touristinnen, sie sahen aus wie echte englische Ladys, die hier den Sommer verbrachten. Eigentlich ideal: Wem der Süden im Alter zu heiß war, für den war die Bretagne genau richtig – und England sollte man noch sehen können, wenn man schon weg war von zu Hause.

Er schaute hinüber auf die Bucht von Le Vivier-sur-Mer, und drüben links, dort wo die Sonne schien, konnte er den Hafen von Cancale sehen.

Ein Bad im Salzwasser hatte ihm die Rezeptionistin empfohlen. Und danach einen Apéro. Er musste lächeln, auch wenn es dafür keinen Grund gab. Es war Wehmut, die er spürte. Wann war er zum letzten Mal im Meer schwimmen gewesen? Er dachte an die Frau im Hotel. Würde sie schwimmen gehen? »Natürlich«, sagte er leise und drehte sich um, als könne ihn jemand hören. Ja, natürlich würde sie schwimmen gehen, so ein Mensch war sie. Sie war eine Frau, die nach getaner Arbeit oder einfach, weil ihr danach war, schwimmen gehen würde. Sie wirkte wie jemand, der einfach tat, wonach ihr der Sinn stand. In jeder Lebenslage.

Warum nur bin ich so töricht, dachte er, warum denke ich so viel über sie nach?

Er griff nach dem Handtuch, das auf dem Bett bereitlag und legte es über seine Schulter. Dann nahm er den Bademantel aus dem Schrank. Er entkleidete sich und zog ihn an, dabei fiel ihm auf, dass er ja keine Badehose mithatte. Warum auch? Ihm war nie aufgegangen, dass so ein Utensil bei einem Arbeitstrip nützlich sein könnte. Und doch verspürte er Lust. Lust auf das Meer. Er schloss den Bademantel und verließ sein Zimmer. Der Gang zur Treppe, doch dann hörte er zwei Stimmen, sie sprachen Englisch, die englischen Ladys, tatsächlich, sie kamen die Treppe herauf, und Maurice drehte um, schnell, er eilte, damit sie ihn nicht sahen, es piepte wieder, und dann schloss sich die Tür zu seinem Zimmer hinter ihm.

IV

Die Brandung schlug gegen die Felsen. Maurice hörte sie durch die geschlossenen Fenster des Zimmers. Er öffnete die Augen, reckte sich und streckte sich und stand auf. Er trug den Schlafanzug aus Leinen, den er immer trug, wenn er auf Reisen war. Er setzte sich auf den Stuhl, der vor dem hölzernen Sekretär stand, und zwar so, dass er von dort aus dem Fenster sehen konnte. Die Wolkendecke des Morgens war noch nicht aufgerissen, bis Cancale konnte er nicht sehen.

Er wusch sich und zog sich an, dann nahm er die Treppe hinab. Heute Morgen würde er Gesellschaft ertragen müssen. Er war nach dem Diner sofort eingeschlafen, so hatte er vergessen, sich das Frühstück aufs Zimmer zu bestellen. Die Meeresfrüchteplatte war ausladend gewesen, phänomenal, er konnte sich nicht erinnern, jemals so frische Austern und Crevetten gegessen zu haben. Sogar die Meeresspinne hatte er verspeist, ihr Fleisch war zart gewesen und gleichzeitig würzig, er hatte nichts übrig gelassen. Er hatte sich sogar nach einem Glas Weißwein gesehnt, aber schließlich darauf verzichtet.

Er wollte gerade den Speisesaal betreten, der wie das Gourmetrestaurant einen außergewöhnlichen Ausblick aufs Meer bot, aber der Rezeptionist des Morgens hielt ihn auf.

»Monsieur van der Berge?«

»Ja?«

»Bitte, kommen Sie einmal.«

»Was gibt es denn?«

»Der ist für Sie abgegeben worden.«

Er reichte ihm einen braunen wattierten Umschlag mittlerer Größe. Maurice runzelte die Stirn.

»Von wem denn?«

»Verzeihen Sie, Monsieur, aber das ist mir nicht bekannt. Er lag in Ihrem Fach, als ich vor einer Stunde den Dienst angetreten habe.«

»Vielen Dank.«

Maurice wog den Umschlag in der Hand. Er betrat den Speisesaal, und eine eifrige Kellnerin wies ihm einen Zweiertisch am Fenster zu. Gerade schlug die Sonne durch die Wolken, sodass es im Saal mit einem Schlag heller wurde und ihn der Anblick der weißen Gardinen die Augen zukneifen ließ.

»Einen Kaffee, Monsieur?«

»Einen Tee. Kräutertee. Eine Verveine, wenn Sie haben.«

Sie verschwand und kam eine Minute später wieder, stellte das Kännchen aus echtem Silber vor ihm ab, daneben den Korb mit Croissants und Tartines, Butter, Erdbeermarmelade. Maurice würde nichts davon anrühren. Er wartete, bis sie wieder verschwunden war, und glitt dann mit der Hand erneut über den Umschlag, der neben der Zimmerkarte lag. Was war nur darin? Niemand wusste, dass er hier war.

Er fuhr sanft mit dem Zeigefinger unter die Schließe, die sich Stück für Stück öffnete. Er schüttete den Inhalt auf dem Tisch aus.

Vor ihm lag ein gefaltetes Blatt Papier. Nein, das stimmte nicht. Es waren mehrere. Darauf fiel ein Buch. Er griff danach und betrachtete es ungläubig, las die Schrift immer wieder. Rimbaud. Ein Gedichtband von Rimbaud. Er runzelte die Stirn.

Dann nahm er das Papier, weiß und durchschimmernd. Es waren vier Seiten, sie waren dicht beschrieben in einer fein ziselierten und runden Handschrift in blauer Tinte, die er schon einmal gesehen hatte. Genauer gesagt: gestern.

Monsieur Maurice van der Berge
Gast in Ihrem Hause

Cher Monsieur van der Berge,

nun, da ich Ihnen diese Zeilen schreibe, versichere ich Ihnen, dass es nicht ohne Grund geschieht. Und ganz sicher nicht aus purem Zufall.

Bis gestern am Mittag hatten wir noch nie miteinander gesprochen. Doch dann traten Sie aus dem flüchtigen Schatten des Augenblicks und sind mir nicht mehr aus dem Kopf gegangen.

Ich weiß nicht, was mich dazu drängt, Ihnen meine Gefühle zu enthüllen. Aber es war offensichtlich auch Ihre Freundlichkeit, die mich ermutigte, diese Flasche ins Meer zu werfen.

Verzeihen Sie meine zwei Anleihen bei dem alten Dichter, ich bin der Meinung, dass sie bei Ihnen auf fruchtbaren Boden fallen. Sie wirken belesen, bewandert in diesen Dingen. Der wunderbare Rimbaud ist wie ich aus einer Stadt im Norden, er war für mich ein wichtiger Ratgeber in vielen Dingen, einfach weil seine Gedichte mich geprägt haben. Und er war ein Mensch, der immer seinem inneren Drängen nachgegeben hat. Wenn Ihnen meine folgenden Erklärungen nicht genügen, dann verstehen Sie mein Trachten nach einem Wiedersehen einfach in der romantischen Tradition von Arthur Rimbaud.

Noch gestern am Mittag war ich der festen Überzeugung, ein stetes und vernünftiges Leben zu führen, vielleicht auch ein befriedigendes, mit meinem Mann und meinen zwei Kindern, einem Zuhause, in Sicherheit. Ein Leben nach Plan, ohne mir mehr Fragen zu stellen.

Heute, einen Tag nach unserem Zusammentreffen, habe ich den Eindruck, aufzuleben, gar neu zu leben, stärker als zuvor. Und das liegt an Ihnen. Es muss verrückt sein, Ihnen diesen Eindruck zu schildern, Ihnen vermeintlich auch eine Verantwortung zuzuschieben für dieses Gefühl, bitte verzeihen Sie, sollte es so sein – dieser Eindruck täuscht.

Es ist ein Fakt, dass Sie mir in der vergangenen Nacht so nah waren, während Sie gleichzeitig so fern waren wie in der Nacht davor, in der ich Sie noch nicht gesehen hatte. Doch diese Nähe, die ich auf einmal gespürt habe, hat mir etwas gegeben, etwas wiedergegeben, die Freude der Vorstellung, der Träume. Ich habe sie wiedergefunden, in Ihrem Blick, in den Funken, die darin lagen und die mir erlaubten, diese Flamme in mir wieder zu entzünden, die ich schon für ewig verloren glaubte.

Es war ein scheinbar simples Gespräch über die unerfreuliche Überbuchung unseres Hotels. Und doch sehe ich Sie jetzt, wo ich diese Zeilen in später Nacht schreibe, vor mir. In Ihrem klassischen Sakko, in Ihrer Zurückhaltung, aber auch in Ihrer Souveränität. Ich mag Ihre wilden Haare, wissen Sie? Ach was, es ist viel mehr: Ihre Gesten, die verborgene Leidenschaft, diese Fähigkeit, den Augenblick einzufrieren – ich weiß nicht, ob Sie gespürt haben, was passiert ist – haben Sie? Die ganze Nacht habe ich mir vorgestellt, Ihnen meine Geheimnisse zu enthüllen. Ich muss mich entschuldigen: Ich habe mir auch vorgestellt, Ihnen meinen Körper zu enthüllen, meine Wünsche, meine Phantasien.

Ich sah uns entfliehen, weit weg, wo niemand uns wiedererkennen wird, wo wir ankommen, als seien wir ohne Vergangenheit, nur mit dieser Zuneigung, die ich so stark fühle, wenn ich an Sie denke. Ich würde Ihnen so gern ein

Geheimnis enthüllen, was all diese Zeilen erklärt, aber ich kann es nicht, noch nicht.

Ich träume von einem neuen Leben im alten. Seit gestern zur Mittagsstunde habe ich die Vorstellung, dass alles passieren kann, alles wiedergeboren werden kann. Ich träume davon, Sie kennenzulernen, selbst wenn es mir scheint, als würde ich Sie schon kennen.

Es ist mir klar, dass Ihnen meine Zeilen wie eine verrückte Idee erscheinen müssen, das Werk einer Irren, und vielleicht haben Sie recht.

Ich aber versichere Ihnen, dass meine Gefühle für Sie aufrichtig sind, und wenn ich diesen Gefühlen derart traue, dann liegt es daran, dass ich spüre, dass sich unsere Wege schon vor langer Zeit gekreuzt haben.

Es liegt nicht in meiner Hand, was Sie mit diesen Zeilen tun werden. Ich würde verstehen, wenn Sie sie brüsk zurückweisen würden, wenn ich Sie gar erbost hätte. Ich kann nichts tun, als zu hoffen, dass Sie dasselbe Fieber verspüren und dass Sie wenigstens ein Stück so sehr hoffen, dass wir uns wiederbegegnen, wie ich mir das für mich wünsche.

Von Herzen,
Ihre Dominique Vial

Maurice stand auf, sein Zittern war im Sitzen nicht auszuhalten. Er hatte den Eisenkrauttee, die Verveine, nicht einmal angerührt. Er ging durch die offene Flügeltür hinaus und trat in den Garten. Ihm fiel die Perfektion auf, mit der sie alle Hecken gestutzt hatten, der Rasen war grün und satt, die hohen Platanen spendeten Schatten vor der Sonne, die schon am frühen Vormittag warm auf das Plateau schien. Niemand war hier. Die Menschen saßen noch beim Frühstück oder waren schon auf einem Ausflug, vielleicht zum Mont-Saint-Michel.

Er setzte sich auf die Bank, auf der gestern die englischen Ladys gesessen hatten.

Es kam ihm unwirklich vor, weil es nicht mal einen ganzen Tag her war. Und doch fiel es ihm schwer, sich an ihr Gesicht zu erinnern. Nicht weil es nicht erinnerungswürdig gewesen war. Nein, das war es ganz und gar nicht, das wusste er. Es schien eher so, als habe er sich im Augenblick des ersten Zusammentreffens das genaue Hinsehen verboten. Sie war so lebendig gewesen, dass sich seine Schüchternheit wie eine Monstranz über ihn gelegt hatte. Ein Erinnern an ihren Körper verbot er sich ganz. Er hatte sie nicht gut sehen können, verborgen hinter der Rezeption, so erklärte er sich das.

Maurice betrachtete das Papier in der Hand, diesen Brief, er hielt ihn nur mit zwei Fingern, als fürchtete er, er könnte sich daran verbrennen. Was für ein Geheimnis meinte sie? Wer war diese Frau, die so offen über ihre Gefühle schreiben konnte, ohne Angst vor einer Zurückweisung, ohne Angst vor Entdeckung? Sie hatten doch nur so kurz miteinander gesprochen – und doch: Er fühlte wie sie. Er wäre nur in tausend Jahren nicht imstande gewesen, dergleichen zu formulieren. Und so blieb die Frage:

Warum er?

V

»Monsieur van der Berge, es fällt mir schwer, mich für Sie einzusetzen. Ich kenne Sie nicht. Wenn ich das sagen darf: Sie sehen ganz anders aus als wir. Sie wissen ja, Monsieur, dass wir mit Parisern so unsere Schwierigkeiten haben, weil wir spüren, wie ständig auf uns Hinterwäldler herabgeschaut wird.«

»Ich fürchte, ich verstehe nicht recht, was Sie meinen.«

»Ich versuche Ihnen zu sagen, Monsieur van der Berge, dass ich nicht glaube, dass sich meine Kollegen davon überzeugen lassen, von einer Firma, die es bald nicht mehr geben wird, Produkte zum doppelten Preis zu kaufen. All diese Dinge, Ihre Netze, Ihre Säcke, die kaufen wir in Rumänien für die Hälfte. Und die Zeiten sind nicht so, dass es meinen Kollegen und mir anders möglich wäre.«

Maurice strich sich, während er dem Mann zuhörte, einmal über die Brust, bis ihm auffiel, warum er das tat. In der Innentasche seines Tweedjacketts steckte der zusammengefaltete Brief. Ihm war, als würde von dort eine große Wärme ausgehen. Er fühlte sich unerhört stark.

»Monsieur, wenn ich richtig informiert bin, dann ist es doch so: Sie sind das Kind eines Austernzüchters. Sie stammen hier aus der Stadt. Sie haben bei Ihrem Vater die Ausbildung gemacht. Dann waren Sie kurz in Arcachon, damit Sie noch einmal von hier wegkommen, bevor die Verantwortung bei Ihnen liegt. Anschließend haben Sie den Betrieb übernommen. Ihn zum größten Betrieb der Region gemacht. Nun sind Sie seit zwanzig Jahren der mächtigste Züchter der nördlichen

Bretagne. Habe ich recht? Sagen Sie: Bin ich richtig informiert?«

Der stämmige Mann kniff die Augen zusammen. Er rang mit sich, befand sich irgendwo zwischen Neugier und Stolz. ›Woher wusste dieser Pariser das alles?‹, fragten seine Augen. Aber sie sagten auch: ›Er hat ja recht.‹

»Sie sind gut informiert«, antwortete er schließlich.

»Sehen Sie. Und ich glaube nicht, dass all das so gelaufen wäre, wenn Sie ständig falsche Entscheidungen getroffen hätten.«

»Was wollen Sie damit sagen, Monsieur van der Berge?«

»Ihre ganze Geschichte, Monsieur, liegt hier in dieser Sichelbucht. All Ihre Erfolge. Und, wenn ich das hinzufügen darf: auch Ihre Zukunft. Wie soll diese Zukunft aussehen, wenn irgendwann nur noch von ein paar riesigen Firmen Austern produziert werden, mit billigen Arbeitskräften von irgendwo – und hier nur noch die Touristen die Gehsteige platttreten? Wenn Cancale zur Kulisse verkommt. Meinen Sie, es wäre nicht die perfekte Möglichkeit, Ihrer Stadt eine wichtige Tradition zu erhalten – indem Sie Ihre Kollegen von den Produkten und dem Know-how dieses Betriebs überzeugen? Die alten Herren sind nicht mehr hier, die die Firma in den Ruin getrieben haben. Ich bin jetzt hier – und ich bürge für die Produkte – und für die Angestellten. Ich muss Sie nicht anflehen, sondern ich sage es ganz selbstbewusst: Setzen Sie sich für den Betrieb ein, den ich derzeit betreue – das ist das Beste für die Stadt und damit auch für Sie. Über die Preise … herrje, darüber können wir reden.«

Maurice wusste nicht, woher diese Energie kam, die ihn durchströmte. Hätte er die Sätze aufgeschrieben gesehen, die er gerade gewählt hatte, er wäre zusammengezuckt vor Scham über den eigenen Größenwahn. Der Austernzüchter betrachtete ihn lange und nachdenklich, bis er sich streckte und leicht nach vorne beugte.

»Hören Sie, Monsieur van der Berge, ich habe viel über Sie gehört, was mir nicht gefallen hat. Dass Sie zögerlich sind und weltfremd, ich sage das ganz offen. Aber ich habe einen anderen Eindruck. Ihre Worte imponieren mir. Ich werde tun, was ich kann. Vielleicht gelingt es mir, dann hätte Ihre Firma eine Zukunft. Sie hören von mir.«

Beide Männer standen auf, sie schüttelten einander die Hand, ein Zeichen des Einverständnisses auf Augenhöhe.

Als sich die Tür schloss, fiel Maurice in seinen Stuhl und schloss die Augen. Er hatte mit dem Schlimmsten gerechnet, als vor einer halben Stunde dieser Bär von einem Mann in den Raum getreten war, in seinem Blaumann und mit den dicken schwarzen Gummistiefeln. Ein Mann, der eben noch draußen auf dem Meer gewesen war.

Nun hatte er es geschafft. Er hatte ihn auf seiner Seite. Woher hatte er diese Gewissheit genommen, diese Überzeugungskraft?

Er griff in seine Innentasche und holte den Brief heraus. Er strich über das Papier, dann faltete er den Brief auseinander und las ihn wieder. Und noch einmal.

Eine Weile später ging er nach draußen und spazierte am Hafen entlang. Gerade war Ebbe, der Mond hatte den Booten das Wasser unter den Kielen weggezogen, sie lagen schief auf dem Trockenen. Dass das Meer in weniger als fünf Stunden wieder bis an die Hafenmauern reichen würde, war unvorstellbar. Maurice starrte hinaus auf die Kraterlandschaft, die die Ebbe im Hafen hinterlassen hatte.

Wäre das Meer nun hier gewesen, hätte er, ohne zu zögern, ein Bad genommen. Er überlegte, dabei kratzte er sich am Kinn. Er spürte leichte Stoppeln, die an seiner Hand juckten.

Natürlich würde er den Brief niemals beantworten, doch er überlegte seit dem Moment vorhin auf dem Felsen, was ein mutigerer, ein sinnlicherer Mann auf so einen Brief antworten würde.

Mercredi, 24 juillet
Die längste Nacht

VI

Maurice wartete auf das Piepen, dass das Schließen der Türen signalisierte. Er wartete auf die Beschleunigung des Zuges, bis er hinter Sèvres weites Land erreichte. Er hoffte, dass die kurze Umsteigezeit in Rennes reichen würde, um den Regionalzug zu bekommen. Seine Sorge war wie stets unbegründet.

Diesmal hatte er einen größeren Koffer, er zog ihn hinter sich her, überquerte die Bahngleise und ging auf den Pick-up zu, aus dessen Seitenfenster in diesem Moment die abgebrannte Kippe flog.

»Gute Fahrt gehabt?«

»Eine sehr gute Fahrt, Monsieur, vielen Dank, dass Sie mich wieder abholen. Einen guten Tag wünsche ich. Wie war Ihre Arbeitswoche bisher? Wie läuft es in der Firma?«

Der Blick des Alten hätte nicht überraschter sein können. Er murmelte etwas, während er den Wagen anließ, um auf die Départementale Richtung Norden einzuscheren.

»Wenn Sie mögen, Monsieur, dann rauchen Sie ruhig. Mich stört das nicht.«

Der Alte blickte nach vorne auf die Straße und machte keine Anstalten.

Mit jedem Meter, den er fuhr, wurde Maurice nervöser, er konnte seine Beine nicht still halten. Dem Alten fiel diese Fiebrigkeit wohl auf, doch er sagte kein Wort.

Sie fuhren den steilen Weg hinunter, der zum Hafen führte. Maurice sah dieses Mal ganz anders hin, viel genauer. Als könne sie hinter jedem Boot lauern, das da unten im Becken lag und langsam angehoben wurde, jetzt, wo die Flut wieder kam. Nur einmal betrachtete er sich im Spiegel: Er sah verändert aus. Aber er musste lächeln, den Kopf schütteln. Was für ein Unsinn.

Sie hielten vor der Fabrik.

»Haben Sie vielen Dank.«

»Hmmm.«

Er ignorierte das Grummeln und stieg aus. Er hatte keine Lust, jetzt schon hineinzugehen, er wäre gerne spazieren gegangen. Aber er hatte diesen großen Koffer. Wenigstens abstellen musste er ihn. Er betrat die Firma und ließ das Gepäck gleich hinter der Tür, dann ging er durch die geschäftige Werkhalle. Die Männer standen wieder hinten und rauchten, doch die Frauen waren schwatzend bei der Arbeit. Er ging zu jeder einzelnen hin und begrüßte sie mit einem langen Händedruck.

»Hallo … schön, Sie zu sehen … wie geht es Ihnen … Es ist ja strahlendes Wetter heute …«

Er bemerkte, wie ihn die Männer im hinteren Teil misstrauisch beäugten. Also wiederholte er das Schauspiel auch bei ihnen. Sofort veränderte sich die Stimmung. Sie wirkten aufgeräumt, einer der Alten wollte seine Hand gar nicht mehr loslassen, so lange schüttelte er sie.

Pfeifend ging er zurück zum Eingang, griff seinen Koffer und wuchtete ihn die schmale Treppe hoch.

»Bonjour, Madame Le Goff.«

Kaum hatte er die letzte Stufe genommen, stand er schon in ihrem Büro, und sie sah erschrocken hoch.

»So gut gelaunt, Monsieur. Schön. Oh, Sie haben ja …«

Sie sah ihn prüfend an.

»Hmm?«

»Ach nichts.«

»Was für ein traumhafter Tag. Wollen Sie mich auf den neuesten Stand bringen?«

»Natürlich, Monsieur van der Berge. Es gibt eine weitere

Kündigung. Ein Mann aus der Fertigung, Monsieur Poyer, er hat seinen Frühverrentungsantrag genehmigt bekommen. Aber es gibt auch gute Neuigkeiten. Serge, der Chef der Austernzüchter, hat eine Probebestellung gemacht. Fünfhundert Austernsäcke. Ich war ganz überrascht. Er lässt fragen, wie hoch der Rabatt bei Abnahme von zweitausend Stück ist.«

Maurice rieb sich die Hände.

»Sehr gute Nachrichten.«

»Er hätte gern eine Antwort bis heute Nachmittag.«

»Ich erledige das nachher.«

»Gut, Monsieur.«

»Madame Le Goff, ich gehe gleich durch die Post. Aber vorher will ich noch einmal hinaus, es ist einfach zu schön, um die ganze Zeit hier drinnen zu hocken.«

»Ach, draußen sind so viele Touristen.«

»Das stört mich gar nicht.«

Er brachte den Koffer in sein Büro und stiefelte sofort wieder in Richtung Sonnenschein. Madame Le Goff stand in ihrer Tür und beobachtete ihn, während er pfeifend die Treppe hinabstieg.

Draußen zog tatsächlich ein kleiner Touristenstrom durch, dem Maurice sich kurzerhand anschloss. Irgendwo war gerade ein Ausflugsbus angekommen. Er folgte der Gruppe und nahm den Ort so durch ihre Augen wahr. Er betrachtete die schlanken Häuser mit den spitzen Giebeln, die Fenster, die hinausgingen zum Meer, die Palmen in der Ortsmitte, die den Süden anzeigen sollten, deren Spitzen aber nicht so ausladend waren wie in Nizza.

Er ließ sich treiben, setzte sich auf eine Bank am Hafen und betrachtete ein Paar, das in einem der Cafés an der Mole einen frühen Apéro nahm. Die Aufregung flutete seinen Körper. Er spürte, dass er nicht ruhig sitzen konnte, also stand er auf und ging weiter, lief die aufsteigende Dorfstraße hinauf und verlangsamte seine Schritte auf Höhe des Hotels. Immer wieder blickte er nach oben zu den Fenstern, doch sie ließ sich nicht sehen. Nach einer Weile ging er weiter, immer bergan. Auf dem Platz war nicht viel los, denn heute war kein *jour du marché*, kein Markttag. Am Brunnen wuschen die beiden Austernzüchterinnen aus Bronze ihre Ernte, ein Denkmal, das ihn beim ersten Besuch berührt hatte, er hatte nicht gewusst, warum. Daneben die schmale Kirche aus braunem Stein, von hier sah sie zusammengewürfelt aus, der spitze Turm wie nachträglich an die Seite gefügt. Er setzte sich in das kleine *Saint Laurent* an der Straßenecke und bestellte einen Café Crème, den er langsam trank. Der Himmel war voller Wölkchen, ein Himmel wie in der Normandie. Er schien ihn greifen zu können, so tief und weit war er, so nah schien er zu sein.

Von jetzt auf gleich überfiel ihn eine große Einsamkeit, er fühlte sich unsicher. Es musste das Koffein sein, diese plötzliche Erregung, er wollte sich am liebsten verstecken. Er ließ zwei Euro in der Schale auf dem Tisch zurück, stand auf und nahm ganz bewusst einen anderen Weg als vorhin, durch kleine Seitenstraßen ging er hinunter zum Hafen.

Erleichtert betrat er die Fabrik und stieg die Treppe hinauf, dann schloss er die Bürotür und kam auch zum Mittagessen nicht wieder hinaus.

Als Madame Le Goff am späteren Nachmittag klopfte, antwortete er erst nach einer Weile.

»Ja?«

»Ich würde jetzt nach Hause gehen.«

»Einen guten Abend, Madame.«

»Haben Sie den Chef der Austernzüchter erreicht?«

Er sah sie an, als würde er aus einem langen Traum erwachen.

»Monsieur van der Berge, alles in Ordnung?«

»Ähm, ja, natürlich. Ich mach das noch, keine Sorge. Morgen ist auch noch ein Tag.«

»In Ordnung. Bonne soirée.«

Sie stand noch kurz unschlüssig herum, dann aber trat sie hinaus und schloss die Tür. Maurice versank wieder in seiner Lektüre. Warum hatte Dominique ihm ausgerechnet dieses Buch beigelegt? Was wollte sie ihm damit sagen? Mit Rimbaud. Er blätterte durch die Seiten, las hier ein Gedicht, begann dort ein anderes und brach es ab, weil er es nicht verstand. Und dann noch jenes, das er wieder und wieder las.

Als Maurice spürte, dass es draußen vor dem Fenster ein wenig dunkler wurde, legte er den Gedichtband auf den Tisch. Ihr erstes Geschenk. Das war es. Nun begriff er es. Es war ihr erstes Geschenk an ihn.

Er sah auf die Uhr. Kurz vor acht. Er stand auf, nahm seinen Koffer und wuchtete ihn die Treppe hinab. Dann zog er ihn über die Hafenstraße, die ersten Touristen saßen schon in den Restaurants. Das Geräusch der Rollen seines Gepäcks hallte in der engen Rue du Port nach, bis er an der Eingangstür des Hotels die Klingel drückte und die Tür leise surrte.

Am Tresen stand die alte Dame, die er schon von vorherigen Besuchen kannte. Er glaubte, sie sei die Besitzerin, sie hatten nie darüber gesprochen. Um ihre Beine schnurrte eine Katze. Die Dame war freundlich, aber unverbindlich, gab ihm seinen Schlüssel und wünschte ihm noch einen schönen Abend.

»Den werde ich haben, Madame. Ich glaube, den werde ich haben.«

L'Éternité

Elle est retrouvée.
Quoi? – L'Éternité.
C'est la mer allée
Avec le soleil.

Âme sentinelle,
Murmurons l'aveu
De la nuit si nulle
Et du jour en feu.

Des humains suffrages,
Des communs élans
Là tu te dégages
Et voles selon.

Puisque de vous seules,
Braises de satin,
Le Devoir s'exhale
Sans qu'on dise: enfin.

Là pas d'espérance,
Nul orietur.
Science avec patience,
Le supplice est sûr.

Elle est retrouvée.
Quoi? – L'Éternité.
C'est la mer allée
Avec le soleil.

Arthur Rimbaud, Mai 1872

Die Ewigkeit

Sie ist neu gefunden.
Wer? – Die Ewigkeit.
Ist das Meer, entschwunden
Mit dem Sonnenschein.

Raun dein Einverständnis,
Seele auf der Wacht,
Mit des Tages Bränden,
Wesenloser Nacht.

Von Beifallsgeschrei,
Von niederem Trieb
Dich lösend ins Freie
Schwingst auf du und fliegst.

Denn euer nur entstammt,
Ihr Gluten aus Samt,
Der Hauch einer Pflicht,
Die nimmer erlischt.

Dort laß Hoffnung fahren,
Kein orietur.
Harren und gewahren;
Qual ist sicher nur.

Sie ist neu gefunden.
Wer? – Die Ewigkeit.
Ist das Meer, entschwunden
Mit dem Sonnenschein.

Vier Tage vorher

Eilpost – Prioritaire

Madame Dominique Vial
c/o Hôtel de la Plage
86, Rue du Port
35260 Cancale

Chère Madame Vial,

ich hoffe, meine Antwort erreicht Sie pünktlich und findet Sie gesund und heiter.

Ich muss es ehrlich zugeben, Ihre Nachricht hat mich nicht nur überrascht, sie hat mich ob ihrer Offenheit regelrecht erschüttert.

Ich gestehe Ihnen zwei Dinge: Ich habe nicht damit gerechnet, jemals im Leben mit so einem Brief bedacht zu werden. Und ich glaube, dass ich derlei auch nicht verdiene, weil mir mein Leben zugegeben gänzlich fad und uninteressant erscheint, zumal für eine besondere Frau, wie Sie es offenbar sind.

Ich erinnere mich gut an diesen Augenblick in Ihrem Hotel. Wie groß war doch der Unterschied zwischen den drei Wochen davor, in denen ich an der Rezeption stand und mein Zimmer bezog – und diesem ganz speziellen Tag. Ja, Ihr Anblick hat mich gereizt, nicht nur das, auch ich konnte Sie schwerlich vergessen, weil Sie mir nicht mehr aus dem Kopf gingen.

Ich würde Ihnen gern die Enttäuschung ersparen, mich kennenzulernen und festzustellen, dass ich ein Mann ohne

Leidenschaften bin – allein, ich kann es nicht. Ich möchte Sie sehr gern treffen. Ich werde am Mittwochvormittag wieder in Cancale eintreffen und werde mir den Abend frei halten. Es wäre mir eine Freude und eine Ehre, Sie zum Dîner einzuladen.

Mit herzlichen Grüßen
Me Maurice van der Berge

Eilpost – Prioritaire

Maître Maurice van der Berge
2, Avenue Foch
75116 Paris

Monsieur van der Berge,

ich hoffe, meine Nachricht erreicht Sie pünktlich.

Ihre Antwort hat mich gleichermaßen erfreut und erregt.

Wie kann es anders sein, als dass wir uns an diesem Mittwoch begegnen?

Ich bitte Sie um zweierlei:

Kommen Sie nicht vor 19 Uhr zum Einchecken ins Hotel.

Ich möchte Sie nicht derart profan wiedersehen. Zudem möchte ich nicht riskieren, dass meine Reaktion auf Sie heftig ausfällt und mich dadurch verraten könnte. Um 19 Uhr werde ich das Hotel bereits verlassen haben, sodass wir nicht aufeinandertreffen.

Schreiben Sie mir bitte postwendend, wo wir uns um 21 Uhr treffen werden.

Dafür gibt es zwei Bedingungen:

Es darf nicht im Ortsgebiet des Dorfes sein. Und es muss ein Restaurant in der Nähe eines Hotels sein.

Ich werde Ihnen den Grund für diese Bedingungen erklären, wenn wir uns begegnen.

In Vorfreude
Dominique Vial

VII

Er kannte mittlerweile jede Zeile des Briefes auswendig. In Paris hatte er, verborgen in seinem Büro, noch lange nach Feierabend gesessen und im Internet nach etwas Passendem gesucht. Nicht zu weit vom Dorf entfernt, ein Hotelrestaurant vielleicht, teuer, aber nicht zu auffällig. Nach einigen Stunden hatte er sich entschieden und sich gefragt, warum er so lange überlegt hatte. Die Lösung lag auf der Hand. Der Eilbrief war am Abend verschickt worden, er hoffte, sie hätte ihn rechtzeitig erhalten.

Nun war er auf sein Zimmer gegangen, hatte gründlich geduscht und sich umgezogen: ein weißes Hemd zu seinem dunkelblauen Anzug, die schwarzen Lederschuhe.

Die Taxifahrerin war dieselbe Frau wie am vorherigen Mittwoch, wie konnte das sein? Dieses Leben auf dem Land war wirklich keine diskrete Angelegenheit.

»Oh, Monsieur, wohin geht's denn diesmal?« Sie trug ihre Haare nun zusammengebunden, als sei sie mit den Locken nicht mehr zufrieden. »Wieder 'n Lottogewinn gemacht?«

»Nein, diesmal zahle ich selber.«

»Nun sagen Sie schon, wohin ich fahren soll, Zeit ist Geld …«

»Saint-Malo, ins *Grand Hôtel des Thermes*, bitte.«

»Sind Sie Hoteltester, oder was?«

Er antwortete nicht, spürte aber, dass sie ihn weiter im Rückspiegel beobachtete. Er gab vor, in sich versunken zu sein. Es kostete ihn nicht viel Anstrengung, denn er wollte wahrhaftig seine Ruhe. Er kam sich vor wie ein Teenager, aber er wollte für alle Eventualitäten gewappnet sein.

Zufrieden bemerkte er, dass sie das Pedal bis zum Boden durchtrat und die kurvige Straße über Saint-Coulomb ziemlich rasant anging. Er wollte vor Dominique da sein, er wollte Zeit haben, um anzukommen.

Zehn Minuten später nahm die Taxifahrerin die letzte Kurve und bremste mit voller Kraft in der Hotelauffahrt unter dem grünen Holzdach. Der imposante Palast ragte zu ihrer Rechten hoch auf, die beige gestrichene Fassade, die Balkone, der Durchgang zum Meer.

Er bezahlte sie und dankte.

»Soll ich Sie von hier abholen?«

»Vielen Dank, ich fahre auf eigene Faust zurück.«

»Wie Sie möchten, Monsieur.«

Der folgende Ablauf war dermaßen ritualisiert, dass er ihn eigentlich im Schlaf hätte durchführen können, so oft brachte ihn sein Berufsleben in Hotels: das Staunen über den Reichtum in der Lobby, die Kronleuchter, das Gold, die dicken Sofas, in denen man versank. Das Einchecken. Der Gang zum Fahrstuhl. Die Fahrt bis ganz nach oben. Das Aufschließen des Zimmers. Der erste Blick. Doch dieses Mal hatte dieser erste Blick etwas anderes. Es war eine Prüfung. Er hoffte, er würde nicht geprüft werden. Er hoffte, er würde sich nicht zum Narren machen.

Maurice ging ins Bad und blickte in den Spiegel. Ein wenig Wasser ins Gesicht. Frisches Parfum. Er richtete den Hemdärmel, der aus dem Sakko hervorschaute.

Er tat all das wie in Trance und nahm gleichzeitig die Dinge ganz genau wahr, die Farben waren kräftiger, die Gerüche deutlicher. Noch etwas beschäftigte ihn, als er wieder im Fahrstuhl nach unten stand. Auch vorhin an der Rezeption war es eine Frau gewesen, die freundlich und lächelnd seine Kreditkarte belastet und ihm seine Zimmerkarte gegeben hatte.

Wie konnte ein Vorgang auf der einen Seite so routiniert sein – und andererseits doch dazu führen, dass er anschließend einen vierseitigen Liebesbrief bekam? Wie bewegte sich das Schicksal? Und warum geschah das ausgerechnet ihm?

Er musste es zugeben: Noch immer dachte er, nein, er erwartete sogar, dass sie nicht auftauchte, dass sich hier jemand einen ganz bösen Scherz mit ihm erlaubte.

Maurice ging durch die Lobby und am Gourmetrestaurant vorbei nach draußen. Drinnen wäre es ihm zu schick gewesen, also hatte er auf der Terrasse des Hotels reserviert.

Er nahm an dem vorbereiteten Tisch Platz. Die Anordnung der beiden Gedecke beruhigte ihn, das silberne Besteck, die gestärkten Servietten in den glänzenden Serviettenringen, die blitzblanken Weingläser, die bauchigen Wassergläser. Über die niedrige Fensterscheibe, die die Terrasse zum Meer hin abgrenzte, wehte ein frischer Nordwind.

Es fiel ihm nicht leicht, den Blick auf die Uhr zu meiden, die er um den Arm trug. Einerseits hatte er Angst, dass sich die Zeiger bewegten, weil er sich immer noch nicht vorbereitet fühlte auf den Moment der zweiten Begegnung. Andererseits aber fürchtete er, es sei noch zu lange hin – und er konnte es kaum abwarten, sie endlich wiederzusehen. Der Blick hinunter auf die Strandpromenade nahm ihm seine Befürchtungen.

VIII

Da ging sie, ganz aufrecht, zielstrebig, aber doch entspannt. Sein Unterbewusstsein hatte ihm seit einer Woche vorgegaukelt, dass er sich nicht daran erinnern konnte, wie Dominique aussah – jetzt wusste er, dass es nicht stimmte. Er erkannte sie wieder, es war, als hätte er doch jedes Detail gespeichert.

Sie trug eine schmal geschnittene Jeans, die ihre Beine betonte, die nackten Füße steckten in dunkelblauen Pumps, welche hohe, aber nicht zu hohe Absätze hatten. Die weiße Seidenbluse bewegte sich durch ihren Gang und durch den leichten Wind, genau wie die rotbraunen Haare. Diese Haare, die ihr Gesicht umrahmten, ihre Augen, die ihn schon ausgemacht hatten. Er konnte sehen, wie sie lächelte. Alles an ihr, der Gang, die Mimik, wirkte so selbstgewiss und fröhlich, dass er sich mit einem Schlag beruhigte.

Er wollte ihr nicht das Gefühl geben, dass er sie beobachtete, also richtete er noch mal seinen Hemdsärmel und wischte imaginäre Krümel vom Tisch, bis sie die Terrasse erreicht hatte. Dann stand er auf und ging ihr ein paar Schritte entgegen. Wie lang konnten fünf Sekunden sein?

Sie traten aufeinander zu, und sie legte ihm den Arm auf den Rücken, zog ihn ein Stück heran, sodass er ihr Parfum riechen konnte. Ihre Wange an seiner, ein-, zwei-, dreimal.

Sie verharrte einen Augenblick länger, als es üblich gewesen wäre, dann löste sie sich, doch ihr Duft blieb bei ihm, als sie sich setzte. Er nahm ihr gegenüber Platz und sah, wie sie ihn erwartungsvoll anlächelte. Maurice war seit einem Tag in Gedanken durchgegangen, was er als Erstes sagen könnte, aber ihm war weder etwas Geistreiches eingefallen noch etwas, das spontan wirken könnte. Deshalb hätte er sie umarmen können, als sie es war, die mit einem Lächeln, das ein wenig schüchtern und deshalb noch umwerfender war, begann.

»Ich bin so aufgeregt.«

»O ja, ist es nicht unerträglich? Ich konnte an nichts anderes mehr denken, seit …«

»Seit ich Ihnen diesen Brief geschrieben habe? Verzeihen Sie, Monsieur, wirklich, Sie dürfen nicht denken, dass ich das ständig tue. Es ist das erste Mal, ich schwöre es Ihnen.«

»Oh, aber nein, ich hätte das nie gedacht. Ich frage mich nur: Womit habe ich das verdient, Madame?«

»Man nennt das *fishing for compliments*, denke ich.«

»Nein, ich bitte Sie, wirklich. Es war nur … nur so besonders. Wie oft passiert einem so etwas? Einmal im Leben vielleicht. Und nicht mal das ist für jeden Menschen garantiert.«

Ein Kellner kam. Er trug wie alle männlichen Bediensteten hier ein blau-weiß gestreiftes Hemd, eine dunkelblaue Hose mit weißen Hosenträgern, eine Fischermütze. Maurice kniff die Augen zusammen, als er das Outfit betrachtete.

»Darf ich für uns bestellen?«, fragte Dominique, die ihm gegenübersaß. Sie blickte den Kellner an und dann wieder zu Maurice hinüber, er konnte sie nicht aus den Augen lassen, weil ihr Strahlen ihn derart faszinierte.

»Ich bitte Sie darum«, gab er zurück.

»Bringen Sie uns bitte eine Flasche Weißwein, einen Sancerre, einen Chablis, so etwas. Vorweg Austern für zwei und anschließend den Wolfsbarsch. Und bitte bringen Sie die Gänge hintereinander, lassen Sie keine lange Pause dazwischen.«

»Sehr recht, Madame.«

»Und Wasser. Eine Flasche *Badoit Rouge.*«

»Natürlich, Madame.«

Er entfernte sich schnell. Maurice sah sie überrascht an.

»Ich habe draußen die Tafel mit den Empfehlungen gelesen. Und ich bin so hungrig, mir ist beinahe flau.« Sie lachte wieder, ihre Wangen röteten sich.

Der Kellner kam gleich darauf mit den Getränken zurück. In der kurzen Zwischenzeit schwiegen sie, Dominique maß mit ihrem Blick den Strand ab, offenbar bewegte sie einen Gedanken in sich. Er nutzte die Gelegenheit und betrachtete sie genauer. Wie selbstsicher sie die Bestellung gemacht hatte. Zweimal griff sie sich mit der rechten Hand in die langen und glänzenden Haare, fasste sie zusammen und schien sie wegen des Windes wieder zurechtlegen zu wollen. Er betrachtete ihre Lippen, die sie in einem hellen Rot geschminkt hatte, volle Lippen, hinter denen sich makellos weiße Zähne verbargen. Maurice bemerkte die Narbe an Dominiques Hals erst, als er den Blick senkte. Er fragte sich, wie er sie hatte übersehen können. Ein ziemlich glatter Schnitt musste es gewesen sein, der ein Stück unter dem Kinn begann und bis zum Schlüsselbein ging, vielleicht auch noch weiter, die weiße Bluse verbarg den weiteren Fortgang.

Dominique schaute ihn an. Ihre Augen strahlten in einem tiefen Grün. Er konnte sich nicht erinnern, sich jemals so in den Augen einer Frau verloren zu haben. Der Kellner goss Wasser aus einer roten Flasche in die Gläser, die feinen Perlen tanzten im Sonnenlicht. Dann öffnete er behutsam mit dem Korkenzieher den Wein und goss einen kleinen Schluck in eines der hohen Weingläser, das vor Kälte beschlug. Maurice überließ es Dominique, den Sancerre zu probieren. Nachdem sie zustimmend genickt hatte, füllte der Kellner beide Gläser. Dann verschwand er mit einem Lächeln.

»Ich überlege die ganze Zeit, wie ehrlich ich mit Ihnen sein kann. Und wie ehrlich ich mit Ihnen sein will. Aber es erscheint mir wie ein grober Unfug, wenn ich Sie über Dinge im Unklaren lassen würde, gerade weil die Dramatik, mit der ich auf Sie zugegangen bin, so außergewöhnlich ist. Wissen Sie, Monsieur, natürlich hatte ich schon Affären, kleine Liebeleien im Sommer, eine Nacht oder zwei, weil es sich so ergeben hat. Als mir so etwas passiert ist, war ich stets unverbindlich, und vor allem habe ich, so gut es ging, verdeckt, wer ich bin. Doch bei Ihnen, nach diesem Auftakt, käme es mir falsch vor, nicht ehrlich zu Ihnen zu sein.«

Er sah sie an, zu überrascht über diesen Beginn, diese in einen Monolog gegossene Offenbarung.

»Aber ich habe eine Bedingung: Wenn wir uns entschließen, dann sollten wir, solange das hier dauert, beide ehrlich zueinander sein. Ich werde Ihnen Fragen stellen, die Sie mir offen beantworten, und ich werde mich jeder Ihrer Fragen stellen. Wie klingt das für Sie, Monsieur?«

Sie erhob ihr Glas, als gelte es, einen Pakt zu schließen. Er hob das seine, und sie stießen an, dabei ließ sie den Blick nicht von ihm ab. Als sie wieder ansetzte, war ihre Stimme tiefer, eindringlicher, als wühle die Erinnerung, die gerade mal eine Woche zurücklag, sie auf.

»Als wir uns kennenlernten, war ich gerade aus dem Urlaub zurück, einen Tag vorher waren wir in Roissy gelandet. Wir waren auf den Seychellen, drei Wochen in einem sehr luxuriösen Hotel am Strand. Es war eines dieser Märchenhotels, mit einem Steg, der hinausgeht ins Atoll. Wir hatten eine kleine Villa mit einem Pool und einem beleuchteten Glasboden, durch den man nachts die Fische beobachten konnte.«

Sie war versunken. Er war versunken. Sie in dieser Erzählung, von der er nicht wusste, wohin sie ihn führen würde. Und er von ihrem Anblick, ihren feingliedrigen Händen, die sich gestikulierend bewegten, der goldene Ehering steckte am Ringfinger der rechten Hand, ihr Gesicht war ein wenig gerötet, so, als verlange ihr die Geschichte einiges ab.

»Es war das, was die Menschen allgemein als Traumurlaub bezeichnen. Und wenn Sie jetzt denken, es sei für mich aus irgendeinem Grund nicht schön gewesen, Monsieur, dann irren Sie, nein, ganz und gar nicht. Es war nur, und jetzt wird das ein bisschen dramatisch klingen, aber sei es drum: Es war ein Brennglas, das auf mein Leben gehalten wurde. Es waren drei Wochen mit den Kindern, die ich über alles liebe. Und drei Wochen mit meinem Mann. Einem guten Mann, ohne Frage. Aber er ist eben auch ein erfolgreicher Mann, ein Macher, ein echter Draufgänger – und ein Mann, der sich die ganze Zeit um sich selbst dreht. Er ist laut und fordernd, er steht mitten im Leben und weiß auch, das zu zeigen. Ich kann das sicher sagen, weil ich ihn jetzt schon lange kenne. Er hat mich vor mehr als einem Jahrzehnt aus einem ganz bestimmten Grund ausgewählt.«

Er wusste nicht, was er erwidern sollte. Die Ansprache über ihren Ehemann verletzte ihn. Aber er spürte auch, dass der Kern des Ganzen erst noch kommen sollte, zudem schien sie seine Gedanken zu erraten.

»Es ist vielleicht komisch, all das anzuhören. Ich möchte auch danach nicht mehr über meinen Mann sprechen, es sei denn, Sie wollen etwas über ihn wissen. Ich erzähle das, um es zu erklären. Es war dieser enorme Gegensatz, der mich zu Ihnen geführt hat, Monsieur van der Berge. Ich habe drei Wochen einen Tanz erlebt. Einen Tanz, eine ständige Beschäftigung um die Wünsche eines Mannes, der forsch ist, bei allem. Und dann kommen Sie in das Hotel gelaufen, auf leisen Füßen, Sie sind freundlich und interessiert, selbst dann, wenn die Dinge schieflaufen. Sie hätten aus der Haut fahren können oder zumindest leise vor sich hin schimpfen, Sie hätten mich herabwürdigen können, wie es die Menschen, zumal die Touristen, heutzutage gerne tun. Oder mit irgendeiner übergeordneten Instanz drohen. Stattdessen blieben Sie ganz bei sich, und Sie ließen es zu, dass sich die Dinge von ganz allein zum Guten wenden. Das klingt jetzt sehr einfach, vielleicht sogar dumm, und ich möchte mich ohrfeigen für diese Begründung, denn da ist natürlich auch noch etwas anderes. Und das gehört zur Ehrlichkeit dazu: Ich fand Sie vom ersten Moment an außergewöhnlich attraktiv. Diese zwei Dinge waren es, die mich in den Stunden nach unserer Begegnung so berührt haben, dass ich diesen Brief schreiben musste.«

Er war im ersten Augenblick sprachlos. Nur Komplimente, die sich ganz aus der Persönlichkeit der gelobten Person erklärten, vermochten es, so eine Sprachlosigkeit hervorzurufen.

Da kam der Kellner herbeigeeilt, eine Etagere voller Eis, obenauf die zwölf Austern, darunter standen je eine kleine Schüssel mit dem Schalottenessig und eine mit Zitronenspalten, daneben ein Teller mit sehr dunklem Brot, bereits mit Butter bestrichen. Dankbar für diese Zwangspause, lächelte Maurice sein Gegenüber an. Dominique nickte und sah die Austern an, als sei schon der Anblick eine Offenbarung. Auch er spürte, dass er in der großen Aufregung und Vorfreude den ganzen Tag beinahe nichts herunterbekommen hatte. So griffen sie gleichzeitig zu den Meeresfrüchten, doch er konnte es nicht lassen, er beobachtete sie genau, die einzelnen Arbeitsschritte waren ein Ritual, welches sie regelrecht zelebrierte, sie lockerte mit der kleinen Gabel das feste innere Fleisch, dann gab sie zuerst mit den bloßen Fingern etwas Zitrone hinein, sie zerdrückte sie sanft. Dann nahm sie einen kleinen Löffel und gab von dem Essig dazu, wieder beobachtete sie die Reaktion der Auster, und dann hob sie mit einer fließenden Bewegung die Frucht zum Mund. Er merkte, dass er sie anstarrte, deshalb besann er sich schnell und versuchte, die einzelnen Schritte zu imitieren, bis auch er so weit war und sich der salzige Geschmack von Jod und Meer auf seine Zunge legte. Nein, ohne Frage, das war ganz anders als in Paris, hier am Ufer der Kanalküste. Es war phantastisch.

Sie lächelte, weil sie seine Gedanken erriet.

»Nirgendwo schmecken sie so wie hier, finden Sie nicht?«

Er nickte, unfähig, jetzt zu sprechen.

»Sie sind von unten aus dem Dorf. Die Züchter dort beliefern die ganze Gegend, stellen Sie sich das vor. Ein kleiner Ort, der nicht nur die ganze Küste hier versorgt, sondern aus dem sie auch in den Galeries Lafayette in Paris die meisten Austern verkaufen.«

Sie sprach so voller Stolz, als sei sie eine besonders versierte Reiseleiterin, deshalb kam er nicht umhin nachzufragen.

»Ich habe das doch richtig verstanden in Ihrem Brief, dass Sie gar nicht von hier sind?«

»Aber ja, Monsieur, Sie haben es richtig verstanden. Ich bin wie Rimbaud aus Charleville-Mézières, kennen Sie die Stadt im Norden?«

Er war nie in den Ardennen gewesen, doch natürlich kannte er die Hauptstadt des gleichnamigen Départements als Heimat des flamboyanten Dichters und als einzige Industriestadt nördlich der Champagne. Eine arme Region, ländlich und abgeschieden.

»Ich habe von Ihrer Stadt gehört, aber ich bin nie dort gewesen. Sollte ich das bedauern?«

»Meine Heimat ist hübscher als ihr Ruf, aber immer noch kein Grund, vier Stunden von Paris mit dem Zug dorthin zu fahren. Es war nicht so schwer, mich zu entscheiden hierherzugehen, als ich meinen Mann kennenlernte.«

»Mögen Sie mir davon erzählen?«

Sie ließ die Auster, die sie eben in die Hand genommen hatte, wieder auf ihr Bett aus Eis sinken. Dann blickte sie ihn von unten an und lächelte.

»Ich mag Ihre Art, das zu fragen, wissen Sie das? Weil es so freundlich ist. Und ich glaube Ihnen, dass Sie die Antwort wirklich interessiert.«

Sie betrachtete sein Gesicht, als suche sie nach einer Reaktion, dann aß sie eine weitere Auster und trank vom Wein, der, wie er fand, hervorragend zu der mineralischen Meeresfrucht passte, weil er sie sanft ergänzte, anstatt sie zu erschlagen.

»Ich war einundzwanzig, und wenn ich recht darüber nachdenke, kommt es mir vor wie eine Ewigkeit. Als ich in Paris studierte, verbrachte ich meinen Urlaub hier. Kunstgeschichte. Nun schauen Sie nicht so. Ich fand das wunderbar.«

Er schüttelte den Kopf und fühlte sich ertappt.

»Es war an der Sorbonne. Meine Eltern hatten mich für den Sommer eingeladen, ich war etwas knapp bei Kasse damals, ich pflegte ein, nun ja, recht ausschweifendes Leben in Paris. Ich lernte ihn an der Theke der einzigen Bar kennen, die in Cancale damals von Belang war. Er war genauso, wie er heute ist: draufgängerisch und von sich eingenommen, aber nicht wie ein Großkotz, nein, das nicht, eher auf eine faszinierende Art. Er war vierunddreißig und hatte gerade die Arztpraxis des Dorfes übernommen. Er war der begehrteste Junggeselle der ganzen Bretagne, denke ich. Ich habe ihn gesehen und in meiner pariserisch-jugendlichen Leichtigkeit entschieden, dass ich es sein musste, die ihn ansprach. Das hat ihm sprichwörtlich die Schuhe ausgezogen. Von dem Tag an verfolgte er mich, wo immer ich war: Er kam an den Strand, er bemühte sich, Bella Figura vor meinen Eltern zu machen, er lud mich des Abends ein, in die schönsten Restaurants der Region. Nach einer Woche war es entschieden. Wir wussten, dass es nicht anders ging. Ich brach mein Studium ab und zog hierher. Ich wurde Madame Vial. Und bin es seitdem.«

Maurice schwieg, es gab auch nichts, was er hätte sagen können.

»Wissen Sie, ich habe ihn damals gesehen und mir sofort vorgestellt, was wir zusammen schaffen können. Er war eine Chance. So wie ich für ihn.«

»Wie meinen Sie das?«

»Ich mache mir da nichts mehr vor: Er wollte mich, weil ich ihn schmückte. Er dachte, mit mir an seiner Seite würden die Menschen ihn noch mehr als einen Erfolgsverwöhnten ansehen.«

Die Art, wie Dominique Maurice ansah, ließ ihn versinken. Während sie erzählte, lag etwas in ihrer Stimme, etwas Wildes, Ungezähmtes. Er konnte nur ihre Lippen ansehen, ihre funkelnden Augen, er sehnte sich nach ihr, obwohl sie ihm gegenübersaß. Der Tisch zwischen ihnen, jeder Meter, der sie voneinander trennte, war einer zu viel. Sie schwieg nun eine Weile, er fühlte sich bemüßigt, etwas zu erwidern, deshalb erinnerte er sich an ihre letzten Worte.

»Er ist immer noch der Arzt hier im Dorf?«

Der Kellner unterbrach ihn, indem er die Platte mit dem Hauptgericht brachte. Die dunklen Streifen auf der Haut des Wolfsbarsches zeigten die Rillen des Grills an. Dazu gab es wilden Reis und eine cremige Sauce aus Tomaten, Zucchini, Paprika und Koriander. Es duftete himmlisch. Sie hatte genau das Richtige ausgewählt. Der Kellner filetierte den Fisch und servierte ihnen. Dominique ließ Maurice' Frage unbeantwortet, stattdessen aßen sie beide eine Weile schweigend. Immer wieder sah sie zu ihm herüber und lächelte; ein selbstgewisses, freudiges Lächeln. Er hatte zwischendurch den Impuls, nach ihrer Hand zu greifen, fragte sich, wie sich ihre Haut anfühlte. Aber es wäre gänzlich unpassend gewesen, viel zu früh, viel zu vertraut, deshalb verbot er es sich. Stattdessen goss er ihr aus der Weinflasche nach, sie war fast leer. Er sah Dominique fragend an. Sie schüttelte lächelnd den Kopf.

»Nein, ehrlich gesagt, möchte ich nichts mehr trinken. Es würde uns Zeit rauben.«

Er betrachtete sie fragend, aber sie widmete sich wieder ihrem Fisch.

Der Kellner kam und fragte nach Desserts, nach Café.

»Non merci, wir nehmen nur die Rechnung.«

Er sagte das sehr bestimmt, bestimmter, als er es vorgehabt hatte. Aber sie schien zufrieden damit. Sie wartete, bis der Kellner wieder verschwunden war.

»Mein Mann ist formal noch der Arzt im Dorf. Aber er ist

nicht mehr viel in der Praxis. Er hat eine junge Ärztin eingestellt, die den Betrieb aufrechterhält. Er selbst hat ein neues Betätigungsfeld, in dem er sich mehr zu Hause fühlt. Er ist die meiste Zeit des Jahres in Afrika. Er hat für *Médecins du Monde* ein Krankenhaus aufgebaut, in Ruanda. Dort behandelt er die Bevölkerung kostenlos. Ich war mit ihm dort, als wir noch keine Kinder hatten. Er ist voll in seinem Element, er rettet kranken Kindern das Leben.»

»Aber das klingt jetzt ziemlich anders als das, was Sie vorhin über ihn erzählt haben«, sagte Maurice und klang dabei so ratlos, wie er sich fühlte.

»Verstehen Sie mich nicht falsch: Er macht das, weil er wirklich helfen will. Aber diese Helfer«, sie zögerte, »haben oft eine eigenartige Philosophie. Ich kenne viele von ihnen. Sie sind wie blind hinter ihrer Aufgabe her, und manchmal überfahren sie damit alles, was sich ihnen in den Weg stellt. Es ist wie damals in der Kolonialzeit: Der gute weiße Mann rettet die Welt und trommelt sich auf die Brust, damit es auch alle sehen. Verstehen Sie? Oje, das klingt ziemlich fies.«

Sie atmete einmal tief durch.

»Wissen Sie, er lebt dort sein Leben, und er tut, was er will. So ist das. Früher hat mich das geärgert, aber jetzt …«

Sie sah ihn vielsagend an.

»Ich würde Ihnen auch sehr gern viele Fragen stellen, Monsieur, weil ich erzählt habe wie ein Wasserfall, und Sie sind fast noch gar nicht zu Wort gekommen. Aber ehrlich gesagt: Ich denke, das kann warten. Wollen wir los?«

Der Kellner brachte die Rechnung, Maurice bezahlte, sie standen auf, und sie griff im selben Moment nach seiner Hand.

»Wollen wir noch am Meer spazieren gehen?«, fragte er.

Sie blickte ihn an und schüttelte sanft mit dem Kopf, ein Grinsen umspielte ihre Lippen. Dann zog sie ihn mit sich. »Na gut, aber …«

Zusammen gingen sie an den Tischen entlang, die Gäste sahen ihnen nach, so schien es Maurice. Wie wirkten sie wohl? Wie beim ersten Date? Oder doch wie ein Paar, das schon lange zusammen war und dennoch sehr glücklich? Sie verließen die Holzbohlen und standen in dem feinen und weichen Sand, und je tiefer sie kamen, desto fester und dunkler wurde er. Am Ende war er so hart, dass sie ganz bequem laufen konnten, nur mussten sie immer aufpassen, weil die kleinen Wellen nach ihnen griffen.

»Ich liebe das Meer«, sagte sie. Er genoss dieses warme Gefühl, das er in seiner Hand spürte. Aber auf einmal griff sie fester zu, drehte sich zu ihm und kam ihm ganz nah.

»Ich hab es mir überlegt«, flüsterte sie. »Ich wollte von Anfang an keinen Spaziergang. Komm, gehen wir.«

Ihr Blick maß ihn, neckte ihn. Sie wies mit dem Kopf in Richtung Hotel. Er nickte.

IX

Sie stand mit dem Rücken an die Wand gelehnt auf dem Hotelflur und nahm seinen Kopf, griff in seine Haare und zog ihn heran. Er war doch ein Stück größer als sie, anders, als er es im Restaurant wahrgenommen hatte. Sie stand ganz dicht vor ihm, er konnte ihre Augen funkeln sehen, sie strahlte. Er wusste, dass er dieses Lächeln nicht vergessen würde, egal, was von nun an passierte. Dann senkte sie den Blick und schloss die Augen, er betrachtete ihre Lippen, einen Moment nur, im Restaurant hatte er die Augen nicht von diesen Lippen lassen können. Sie waren voll und hellrot und perfekt geschwungen, oben zum Philtrum hin. *Philtrum*, griechisch für Liebeszauber – so hieß diese Stelle, das kleine Becken zwischen Nase und Lippen, und die Griechen schienen die Bezeichnung wie für Dominique erfunden zu haben. Warum hatte er sich als Kind nur so viel für Anatomie interessiert? Plötzlich wusste er es. Ein letzter Blick, dann schloss auch er die Augen. Und spürte, dass sie ihre Lippen auf seine legte, sie waren kühler, als er erwartet hatte. Sie küssten sich, in seinem Kopf drehte sich alles, es passierte, es passierte wirklich. Sie öffnete ihren Mund, suchte ihn, suchte seine Zunge, dann fanden sie sich, und sie hielt seinen Kopf immer noch, schien ihn zu dirigieren, obwohl sie es war, die sich an die Wand drückte. Er begehrte sie, von Sekunde zu Sekunde mehr, ihr Körper war fest, ihre Muskeln schienen gespannt, wie auf dem Sprung, als sie sich liebkosten, im Stehen, auf diesem Hotelflur. Ihre Hand wanderte über seinen Rücken, während sie sich küssten, zu seinem Po, er hätte nicht sagen können, wie lange dieser erste Kuss dauerte. Er wollte, dass er nie aufhörte, zugleich wollte er sie endlich dieser Bluse entledigen, ihre Jeans aufknöpfen, er wollte ihre nackten Beine sehen, ihre Füße, und auch sie schien nicht abwarten zu wollen. Sie lösten sich voneinander, er öffnete seine Augen und sah, dass sie ihn ansah, sanfter jetzt, geradezu verträumt.

»Los, komm.«

Sie nahm seine Hand, er suchte mit der anderen in seiner Sakkotasche nach der Zimmerkarte und fand sie, die Tür piepte. Sie ging voraus, lugte um die Ecke, dann zog sie ihn hinter sich her direkt ins Schlafzimmer. Sie juchzte laut auf, als sie es sah, und er konnte nicht anders, als sie anzustrahlen. Ihm war, als habe er nichts anderes erwartet, auch wenn er vorher nicht geahnt hatte, dass so viel Freude, so viel Anmut, überhaupt in einer Person stecken konnte. Denn sie sprang aufs Bett wie ein kleines Mädchen, ließ sich darauf fallen, vergrub ihr Gesicht im Kissen.

»Ich liebe weiße Bettwäsche. Ach, ich liebe sie. Hast du daran gerochen? Sie riecht so gut, so frisch, es ist alles so aufgeräumt. Du hast noch nicht darin geschlafen?«

»Nein, ich bin nach dem Einchecken gleich wieder hinuntergegangen.«

»Es ist ein tolles Zimmer.«

Sie stand auf, und er ging auf sie zu. Er wollte sie in den Arm nehmen, sie küssen, doch sie machte eine Geste, als hielte sie ihn auf Abstand.

»Ich will jetzt mit dir schlafen.«

Sie blieb stehen, wo sie war, griff nach ihrem rechten Schuh und zog ihn aus, griff nach dem linken. Dann zog sie ihre Jeans aus. Sie war rasend schnell, und er begann, auch sich zu entkleiden. Sie war schon bei der Bluse angekommen, die sie nur oben aufknöpfte und sogleich kurzerhand über den Kopf zog. Sie trug einen weißen BH, oberhalb am Dekolleté war er mit

Spitze besetzt, doch er konnte wieder nur einen kleinen Augenblick hinsehen. Schon zog sie ihn aus, schlüpfte auch aus ihrem Slip, und dann stand sie nackt vor ihm. Von draußen fielen die Reste des Tageslichts herein, die Nacht würde gleich Besitz vom Strand ergreifen. Er betrachtete sie, als betrachte er eine seltene Skulptur. Maurice begriff, warum er den weiblichen Körper immer für ein Heiligtum gehalten hatte. Alles, alles in seinem Leben hatte ihn auf diesen Augenblick vorbereitet, ohne dass er es geahnt hatte. Ihre Haut war dunkel, das markante Schlüsselbein fiel ihm sofort auf, er erkannte es wieder, weil er es so lange in der Bluse betrachtet hatte, die Narbe, die sich nun seinem Blick darbot, sie ging weiter am Körper hinab, bis zum Brustkorb, ein weißer Streifen, gezackt und weich, er folgte ihr, immer noch verbot er es sich, ihre Brüste anzusehen, ihre kleinen festen Brüste, die Rippen, der Bauch, dieser perfekte Bauchnabel. Sein Blick wanderte tiefer, während er sich auszog, sie ließ ihn nicht weiter nur schauen, sondern griff nach seiner Hand. Sie waren nun beide gänzlich nackt. Dann ließ sie sich rückwärts aufs Bett fallen und zog ihn mit, er stützte sich ab, sonst wäre er auf sie gefallen. Sogleich fanden sich ihre Lippen wieder, sie küssten sich, während Dominiques Hände Maurice berührten, seinen Po fanden, seine Brust, seinen Rücken. Er löste sich von ihr, sah ihr in die Augen, sie lächelte wieder, beinahe war es ein Grinsen.

»Du schaust wie ein kleiner Junge«, sagte sie.

»Ich kann nicht glauben, wie schön du bist.«

»Findest du?«

»Das fragst du?«

»Ich bin eine Mutter, ich habe zwei Kinder geboren …«

»Du bist so schön.«

»Still jetzt.«

Sie nahm seine Hand und führte sie zwischen ihre Beine, er spürte, wie feucht sie war, er streichelte sie. Sie nahm seinen Kopf und schob ihn nach unten, räkelte sich – nein, es war kein Räkeln, es war ein Sichwinden –, bis sein Kopf dort war, wo sie ihn haben wollte. Er vergrub sich in ihr, und dann hörte er ihre raue Stimme, es war ein Stöhnen, ein gutturales Stöhnen, das ihn lockte, ihn verrückt machte in dieser Dunkelheit.

»Genau so, genau so …«

Die weiße Bettdecke lag neben und unter ihnen, draußen verschwand das letzte Licht, und hier drinnen hatte alles erst begonnen.

X

Es war gänzlich dunkel, als Maurice erwachte, von draußen wehte ein kühler Wind herein. Dominique musste irgendwann das Fenster weit geöffnet haben, er hatte es nicht mal bemerkt.

Er spürte die Luft auf seiner Haut. Dann deckte er Dominique besser zu. Sie lag ruhig da, das Gesicht ihm zugewandt, und atmete ganz sanft und gleichmäßig.

Ihre rotbraunen Haare glänzten auf dem weißen Kopfkissen, über das sie flossen. Er mochte ihren dunklen Teint, sie sah aus, als habe sie indianisches Blut. Die Lippen, diese vollen Lippen, sie hatten sich stundenlang geküsst, während sie miteinander geschlafen hatten, in diesen ersten Stunden ihres Zusammenseins. Sie war erst sinnlich gewesen und ganz sanft, dann hatte sie wieder regelrecht mit ihm gekämpft, hatte ihn gezwungen, sie zu umklammern, sie festzuhalten. Sie hatte ihn angespornt, sich an ihm festgekrallt, er spürte, dass er Abdrücke ihrer Nägel auf seinem Rücken hatte.

Er betrachtete ihre Narbe wieder. Er würde sie fragen, bald, er durfte es; die Ehrlichkeit, sie war *ihre* Bedingung gewesen. Sie hatten nicht viel gesprochen in dieser ersten Nacht, ihre Stimme hatte einen ganz anderen Klang, als er in ihr gewesen war, viel tiefer und herber als am Tisch im Restaurant.

Was sie mit ihm gemacht hatte, war nicht in Worte zu fassen, sie hatte ihm ein völlig neues Terrain eröffnet, so schien es: Er lag da und schüttelte den Kopf und lächelte, als er daran dachte. Nie im Leben hatte er erwartet, dass er so aufwachen würde, dass er nur daran denken konnte, wieder in sie einzudringen. Es war, als wäre sie seine erste Frau. Wahrscheinlich war sie es – das erste Mal in dieser neuen Welt, in der er sich auf einmal wiederfand. Eine Erweckung. Er schüttelte wieder den Kopf und schalt sich, nicht töricht zu sein. Was sollte sie, diese Frau, diese Göttin, mit ihm anfangen wollen?

Sie lag da und schlief, und er wünschte sich, sie würde nicht aufwachen, müssten niemals dieses Zimmer verlassen. Er wollte diesen Augenblick einfrieren.

Er war nervös, schloss die Augen und konnte doch nicht einschlafen. Er wälzte sich eine Weile hin und her, leise, damit sie nicht erwachte. Er stand auf und trank einen Schluck Wasser aus dem Hahn, dann trat er ans Fenster und sah hinaus in die Nacht. Der Übergang vom Strand zum Meer war ein heller Streifen, dann Schwärze bis zum Horizont. Da draußen waren zwei Lichter zu sehen, winzig, wie in weiter Ferne. Fischer auf ihrem Weg zum Morgenfang, dachte er.

Ihn fröstelte, also klappte er das Fenster an, dann legte er sich wieder ins Bett und schlief in nicht einmal einer Minute ein.

Stunden später war sie es, die ihn weckte. Er schlug die Augen auf, weil sie nach seinem Arm gegriffen hatte, sie lag, den Kopf in Richtung Fenster, abgewandt neben ihm. Er schob sich näher an sie heran, vergrub sein Gesicht in ihren langen Haaren und küsste sie in den Nacken. Er kannte nun endlich ihren Geruch, der vor einer Woche lediglich eine sanfte Ahnung gewesen war. Jetzt brauchte er nur ganz heranzurücken, und dann strömte der Duft in seine Nase, es war so einfach und so viel, er konnte nicht genug davon bekommen. Sie stöhnte leise, griff mit der Hand nach unten, suchte und fand ihn, streichelte ihn. Ihr Griff wurde fester, sie lockte ihn, öffnete ihre Beine, er drang sofort in sie ein. Sie warf den Kopf zurück, sie küssten sich, er bewegte sich sanft in ihr, sie presste ihren Po an ihn, rieb sich an ihm. Er wurde drängender, hielt sie fest, seine Hände umklammerten ihre Brüste, sein Atem in ihrem Nacken, ihr gemeinsames Stöhnen kannte keine Pause, die Wärme hielt sich zwischen ihnen. Seine Brust lag fest an ihrem Rücken, in ihr die Hitze, die Feuchte, so rein an diesem Morgen, dass er sie nie wieder loslassen wollte. Plötzlich schrie sie auf, im selben Moment, in dem er sich an ihr festkrallte. Beide zitterten, ein Beben, das nicht enden wollte, alles wie in Zeitlupe, und dann lockerte er seinen Griff, nahm sie in den Arm. Sie hielt seine Hände fest vor ihrer Brust, legte ihre Hände auf seine, und so verharrten sie, sein Mund an ihrem Nacken. Minutenlang lagen sie so, bis ihr Atem sich beruhigt und der Morgenwind sie gekühlt hatte.

»Ich liebe es, wie du mich am Morgen liebst.«

Sie drehte ihren Kopf zu ihm und küsste ihn, ihr Blick noch immer voller Leidenschaft.

»Es macht mich so glücklich zu spüren, wie erregt du bist.«

Er meinte es, wie er es sagte, weil die Liebe des Morgens die Unsicherheiten der Nacht vertrieben hatte.

»Du erregst mich so. Ich wusste es. Ich wusste es, dass du mich so erregen wirst. Vom ersten Augenblick an. Ach, und übrigens: Dieser leichte Bart, er steht dir.«

Sie sah aus dem Fenster, maß den Stand der Sonne.

»Sex am Morgen ist das Größte. Aber nun lass uns aufstehen. Es wird gleich neun Uhr sein.«

»Frühstückst du mit mir?«

»Heute nicht. Ich muss noch mal nach Hause, bevor ich ins Hotel gehe. Die Kinder kommen am Mittag heim, sie haben bei einem Freund geschlafen.«

Er nickte, und sie musste seine Gedanken wieder erraten haben.

»Nächste Woche, ja? Sehen wir uns nächste Woche? Sag es mir, ich möchte es wissen. War es so schön für dich, dass du mich nächste Woche wiedersehen möchtest?«

Er nahm zur Antwort ihren Kopf in beide Hände, schloss die Augen und küsste sie lange und innig.

»Ich nehme an, das war ein Ja?«

»Ja, natürlich will ich dich wiedersehen.«

»Gut. Schlaf noch ein bisschen. Bitte, lass uns keinen Abschied nehmen, leg dich einfach wieder hin. Ich gehe aus der Tür, und du gehst später frühstücken, und in einer Woche ist es so, als hätten wir uns nicht verabschiedet. Schreib mir wieder, wo wir uns sehen, ein anderer Ort, und ich werde da sein.«

Er nickte stumm.

Sie küsste ihn, berührte ihn dort, wo sie ihn die ganze Nacht immer wieder berührt hatte, dann glitt sie an ihm herab, sie versanken erneut in dieser Leidenschaft, bis er das Zimmer mit seinem Stöhnen erfüllte. Nach einer Weile erhob sie sich aus dem Bett, er sah ihr nach, hörte, wie sie das Wasser der Dusche anstellte, dann schloss er die Augen und schlief gleich darauf ein.

Er erwachte, weil die Sonne ins Zimmer schien. Beim Blick auf die alte Breitling-Uhr, die ihm sein Großvater vererbt hatte, stellte er erschrocken fest, dass es fast elf Uhr war. Er stand auf und sah im Zimmer umher. Nichts wies mehr auf ihre Anwesenheit hin, es war, als hätte er die Nacht und den Morgen nur geträumt. Im Bad aber waren zwei Dinge: Der Duft ihrer Haut hing in der Luft, ebenso eine sanfte Note ihres Parfums. Und da war ein Zettel mit ihrer Handschrift.

Die schönste Nacht. Rimbaud sagt: Das Leben ist anderswo.
Nach dieser Nacht weiß ich: Nein, es ist genau hier.
Danke dir.

Küsse D.

Er las die Nachricht, ein-, zwei-, dreimal. Dann ging er unter die Dusche. Der kalte Strahl belebte ihn, er fühlte sich wie ein neuer Mensch. *Die schönste Nacht.* Ihre Worte euphorisierten ihn. Da waren: der Stolz, diese Frau so glücklich gemacht zu haben. Die Erschöpfung der längsten Nacht seines Lebens. Das verebbende Adrenalin, dass er sich fühlte wie nach einem Marathon. Er war neugeboren, in diese Leidenschaft, die so neu für ihn war – oder: so vergessen.

Er ging hinunter an die Tagesbar, weil das reguläre Frühstück längst vorbei war. Er bestellte einen Café Crème und ein Croissant und aß beides im Stehen mit dem Blick hinaus aufs Meer. Er wusste, dass er bald nach Paris fahren müsste, aber vorher wollte er noch die Füße ins Wasser halten. Er zahlte die Rechnung, die junge Frau am Tresen lächelte ihn an. Konnte sie spüren, was er in dieser Nacht erlebt hatte? So ein Quatsch, dachte er. Er war doch nicht sechzehn.

Er ging hinab zum Strand, zog die Schuhe und die Socken aus und ging ein Stück. Die Wellenzungen umspielten seine Füße, und er musste lächeln, weil ihn die Wärme des Vormittags und die Gedanken an die Nacht derart glücklich machten, dass er nicht wusste, wann er jemals so aus der Haut und gleichzeitig bei sich gewesen war. Er lief den ganzen Weg in Richtung Westen bis zur Insel Grand-Bé, diesem kleinen felsigen Eiland, über dem noch immer ein wenig Nebel waberte. Ein Weg führte hinauf auf den mächtigen Felsen, bei Ebbe war die Insel voller Urlauber. Dort hinten lag die Grabstätte von Châteaubriand, dem Dichter dieser Stadt. Die Dichter schienen es ihnen angetan zu haben, dachte er. Aber so war auch ihre Beziehung, er ertappte sich bei diesem Gedanken: Beziehung. Herrje. Aber ja, sie waren wie ein Gedicht, sie schienen sich zu reimen, sie beide, sie passten wie zwei Puzzleteile, er hoffte in diesem Moment, dass sie ein langes Gedicht sein würden, er wollte das Ende nicht lesen, noch lange nicht.

Nach einer Weile kehrte er um, stieg mit den sandigen Füßen zurück in seine Schuhe, holte den Koffer an der Rezeption ab und zog ihn hinter sich her in Richtung Altstadt, *intra muros*. Die alte Innenstadt war mit Steinmauern umgeben, und hier am alten Jachthafen befand sich das Haupttor. Er sah ein volles Straßencafé und fühlte sich beschwingt, die Erinnerung von gestern kam wie ein leiser Widerhall, das Café in Cancale, aber er konnte sich dieses Gefühl der Einsamkeit gar nicht mehr vorstellen, es war nicht zurückzuholen, er war sehr froh darüber. So nahm er Platz, bestellte noch einen Café und trank ihn rasch und in großen Schlucken. Er wollte bezahlen, aber dann überlegte er es sich. Er bestellte stattdessen noch etwas: ein Glas Chablis, weil es ihn an sie erinnerte. Der Kellner brachte ein Glas und eine kalte Flasche, goss ihm ein und verschwand. Das Glas beschlug sofort, und Maurice wischte mit dem rechten Daumen durch die Tautropfen, die sich auf den Rand gelegt hatten, sie liefen herab wie wässrige Tränen. Die Frische brachte neue Gedanken, eine Idee verfestigte sich. Er trank in Ruhe seinen Wein aus und ging hinunter zum Hafen. Warum sollte er denselben Weg nehmen wie gestern? Mit dem Auto über Land. Es war ein neuer Tag, eine neue Chance. Seine Idee passte besser zu diesem neuen Gefühl. Er hatte Glück. Die kleine weiße Fähre stand da, und aus dem Schornstein kam schon Rauch. Er kaufte schnell ein Ticket und stieg über den eisernen Steg auf. Eine Minute später hupte es schon, dann wurden die Leinen losgemacht, die Arbeiter schienen routiniert, sie waren wendig und schnell, und schon stellte sich das Personenboot quer und legte ab. Maurice saß an Deck ganz hinten, weil er seine Ruhe wollte, es war nicht viel los, lediglich eine Touristengruppe hatte sich ganz vorne am Bug versammelt. Er zog wieder die Schuhe aus und legte die nackten Füße auf den Sitz vor ihm. Es waren weiße Plastiksitze, unter ihm schien der Motor zu sein, er spürte die Rotationen und die Hitze der Bewegung. Maurice genoss die Fahrt und den Wind, der Kapitän schien in Eile zu sein, er pflügte das Schiff durch die Wellen, die quer heranschlugen. Es war schön, weil die Fähre sich immer in Sichtweite zum Land hielt, der Weg führte erst nach Norden, dann nach Osten, er sah die schroffen Felsen in den Ausläufern der Stadt. Dort vorn, das mussten die Felsskulpturen sein, von denen er gelesen hatte. Ein Priester hatte sie vor über einhundert Jahren in den Granit gehauen, grimmige Gesichter, Sagengestalten, ein Panoptikum aus Steinen, bewachsen und voller Figuren, die ineinander übergingen, so fein gearbeitet waren sie. Maurice erkannte die Umrisse dieser Skulpturen und war sprachlos. Welche Anstrengungen die Menschen auf sich nahmen. Der Erschaffer, Abbé Fouré, war über die Zeit seiner Arbeit taub und stumm geworden, er hatte die Welt verloren. Doch er hatte eine neue Welt gewonnen. Die über dreihundert Skulpturen waren für ihn die einzige Form gewesen, wie er sich noch ausdrücken konnte – es war sein Vermächtnis und beeindruckte die Besucher bis heute. Maurice bekam Gänsehaut.

Eine halbe Stunde später umfuhr das Boot die Pointe du Grouin, die Wellen waren hier noch gewaltiger, sie schlugen gegen die Felsen, dass die weiße Gischt hochschlug bis zum Heidekraut, Hunderte Vögel umflogen die nahe Insel. Ein sagenhafter Ort. Maurice sah sich dort oben auf der Spitze des Felsens sitzen, Dominique im Arm. Sie hatte ihn geduzt, nachdem sie sich zum ersten Mal geküsst hatten. Er musste wieder lächeln. Er würde mit ihr hierherkommen, da war er sich ganz sicher.

Einige Minuten später drosselte der Kapitän das Tempo und schleuste das Boot in den kleinen Port de la Houle. Maurice blieb sitzen, bis die lärmende Touristengruppe von Bord gegangen war, dann stieg auch er aus.

»Sie sind noch hier?«

Madame Le Goff hätte nicht überraschter sein können.

»Ja, ich war in Saint-Malo.«

»Über Nacht?«

Er hätte sich ohrfeigen wollen. Warum konnte er seinen Mund nicht halten? Diese neugierige Person. Er hätte auch dem Friseur von Cancale davon erzählen können. Natürlich würde sie nachforschen, aber nun war es zu spät.

»Ich hatte gestern Abend ein dienstliches Gespräch.«

Sie nickte, offenbar hatte sie entschieden, sich die Dinge zusammenzureimen und nicht weiter nachzufragen.

»Bleiben Sie an den Bestellungen dran und bitte informieren Sie mein Büro, wenn etwas hereinkommt. Ich fahre jetzt los, und wir sehen uns nächsten Mittwoch.«

»Au revoir, Monsieur van der Berge.«

Der Alte wartete schon mit laufendem Motor.

Auf der Fahrt hatte Maurice das Gefühl, dass ihn der Fahrer öfter von der Seite anblickte als sonst. Wahrscheinlich bildete er sich das aber nur ein.

Eilpost – Prioritaire

Madame Dominique Vial
c/o Hôtel de la Plage
86, Rue du Port
35260 Cancale

Chère Dominique,

es ist eigentümlich, diese Mischung aus Fremdheit und Vertrautheit zu spüren, die ich empfinde, wenn ich an dich denke.

Wir haben etwas geteilt, was ich nicht zu hoffen gewagt hatte. Und nun bin ich hier, und du bist dort, ganz nah, ganz fern, die großen Dichter hatten recht.

Ich zaubere mir mehrfach am Tag unsere Nacht wieder herbei, und sofort bin ich glücklich.

Ich bin kein Mann großer Worte, verzeih mir bitte. Ich kann dir nur versichern: Das alles bedeutet mir etwas.

Meine Aufregung ist komplett, wenn ich an Mittwoch denke. Nur noch wenige Tage.

Ich würde mich freuen, dich um 21 Uhr in Cherrueix zu treffen, einem kleinen Ort in der Baie du Mont-Saint-Michel. Es gibt dort ein Restaurant, das mir empfohlen wurde. Wir werden danach an einem sehr besonderen Ort übernachten, wenn du das magst.

Ich bitte dich: Schreib mir, wenn sich etwas bei dir ändert.

Sehr herzlich
Maurice

Eilpost – Prioritaire

Maître Maurice van der Berge
– personellement –
2, Avenue Foch
75116 Paris

Cher Maurice,

hab keine Sorge. Ich mag. Das alles.

Wir sehen uns in Cherrueix.

Dominique

Mercredi, 31 juillet
Der Berg im Meer

XI

Maurice war überpünktlich in Montparnasse angekommen. Er wollte ausreichend Zeit haben, keine Eile, keine Hektik, er wollte genießen, was auf ihn zukam. Deshalb hatte er *Le Monde* gekauft und sich in die kleine Brasserie gegenüber dem Bahnhof gesetzt, die schon am Morgen geöffnet hatte. Er las erst den Politikteil der Zeitung, dann wendete er sich den Reportagen zu. Die Sonne schob sich gerade hinter dem Haussmann-Bau hervor, der nebenan stand, und tauchte den Boulevard in ein mystisches Licht. Es würde ein warmer Tag werden, ein sehr warmer Tag.

Der übliche Verkehr der Pendler war ausgeblieben, kein Stau, kein Hupen, keine rasenden Roller. Nur wenige Autos, fließender Verkehr. Maurice hatte sich gewundert, doch dann war es ihm eingefallen: der 31. Juli. Richtig. Die Urlaubszeit hatte am Samstag begonnen, ganz Paris war ans Meer abgereist. Er hatte es gar nicht wahrgenommen, hatte in den vergangenen Tagen kein Radio gehört, keine Nachrichten gesehen. Er war in einer Blase, die daraus bestand, den Tag im Büro zu überstehen und auf eine Antwort zu warten. Als der dünne Brief gekommen war, bestehend aus etwa einem Dutzend Wörtern, war er aufgestanden, war durch die Tuilerien gelaufen und hatte den Möwen zugesehen, bis er sich am Rande des Brunnens in einem der grünen Liegestühle niedergelassen hatte. Er war dort in Tagträume von ihr versunken und irgendwann eingeschlafen. An diesem Tag war er nicht ins Büro zurückgekehrt. Cynthia schaute ihn seitdem merkwürdig an.

Er ging pünktlich hinüber zu Gleis 2, stempelte seine Fahrkarte in dem Automaten ab und stieg ein. Auf die Minute genau schloss der TGV seine Türen und glitt surrend aus dem Bahnhof, fuhr durch die Innenstadt, die Vororte, die urbanen Ausläufer, dann kam nur noch Grün. Maurice versuchte, sein Gefühl von vor zwei Wochen herbeizuerinnern. Was hatte er getan, als er zum ersten Mal zu dieser Frau gefahren war, in absolutem Unwissen, dass er sie treffen würde? Er hätte es gerne nachgelesen. Aber welcher Mann führte schon Tagebuch?

Sein Abteil war fast leer, offenbar war die große Ferienabreise, *le grand départ*, schon am Wochenende abgelaufen. Er nahm den Gedichtband heraus und versank darin, während draußen die Landschaft um Le Mans vorüberrauschte.

Er musste kurz danach eingeschlafen sein, denn er erwachte erst, als die Vororte von Rennes schon vorüberrauschten. Maurice lächelte, lachte sogar, packte seine Sachen, heute hatte er wieder den kleinen Koffer dabei. Das Umsteigen in dem schäbigen Bahnhof, der Regionalzug, der ihn früher so deprimiert hatte, steigerte nun seine Vorfreude, seine Ungeduld.

La Gouesnière. Maurice stieg aus und nahm sofort den Geruch auf eine Art wahr, wie es ihm noch nie vorher passiert war. Das Meer konnte nicht weit sein, er meinte, das Salz wahrzunehmen, die Algen, auch einen leichten Fischgeruch.

Der Pick-up stand an derselben Stelle wie an jedem Mittwoch, der Fahrer musste seine Parkposition mit Kreide auf den Asphalt gemalt haben. Maurice musste wieder lachen bei diesem Gedanken. Heute kamen keine Rauchwolken aus dem Auto, der Alte musste die Zigarette schon vorher hinausgeworfen haben.

»Bonjour, patron«, sagte er freundlich.

»Bonjour«, antwortete Maurice.

»Ein sonniger Tag. Es soll sehr heiß werden, die ganze Woche. Fahren wir direkt in die Fabrik?«

»Ja, sehr gerne, direkt in die Fabrik.«

»Sie werden das Dorf nicht wiedererkennen, es ist ein Jahrmarkt in diesen Tagen, es scheint, diesmal sind noch mehr Touristen gekommen als jemals zuvor.«

Er dachte, dass das vermutlich der längste Satz gewesen war, den der Alte im letzten Jahr gesprochen hatte.

»Haben Sie Pläne für den Abend? Jetzt, wo die Touristen herumturnen, sind alle Restaurants ausgebucht. Aber ich habe sehr gute Empfehlungen, Geheimtipps sozusagen.«

Nun war er es, der den Blick zum Fahrer intensivierte. Die überbordende Freundlichkeit war ihm nicht entgangen, sie konnte ihm gar nicht entgehen. Hatte er einen Grund, misstrauisch zu sein?

»Haben Sie vielen Dank, ich werde lange arbeiten. Aber sehr nett von Ihnen.«

Er hätte nicht mehr auf der Hut sein können. Der Fahrer schien die Abfuhr verarbeiten zu müssen, er schwieg den Rest des Weges, sodass sich Maurice auf den Blick zum Château Richeux konzentrieren konnte. Dann folgte der Abhang hinunter zum Hafen, die ersten Restaurants waren zu sehen. Der Alte hatte recht, es war voll, sogar jetzt, so früh am Vormittag.

Er bog auf den Parkplatz und hielt genau vor dem hölzernen Bau. Drei Arbeiter in Blaumännern standen vor der Halle und rauchten. Sie sahen auf und winkten dem Alten zu. Maurice beäugten sie misstrauisch.

»Danke für die Fahrt, Monsieur.«

»Der Schein trügt. Es soll regnen heute Abend, eine richtige Gewitternacht, ich spüre das.«

»Denken Sie? Sie kennen sich gut aus. Aber für mich spielt das Wetter keine Rolle. Ich werde ja, wie gesagt, lange arbeiten.«

Maurice stieg aus und spürte die Blicke des Alten in seinem Rücken. Merkwürdig war das. Hatte Madame Le Goff ihre Recherchen mit den Mitarbeitern geteilt? Was hatte sie herausbekommen? Kannte sie Dominique überhaupt? Er wurde das Gefühl nicht los, als liege in der Freundlichkeit des Fahrers eine düstere Ahnung.

»Blödsinn.«

Er murmelte es leise vor sich hin, als er an den Arbeitern vorbeiging, den kleinen Koffer hielt er dabei vor sich. Madame Le Goff kam aus ihrem Büro, als sie das knarzende Geräusch der hölzernen Treppe hörte. Sie trug eine dunkelblaue Bluse, die mit pinkfarbenen Flamingos bedruckt war. Ihre Augen blitzten.

»Maître van der Berge, willkommen, wie geht es Ihnen denn heute?«

»Gut, Madame Le Goff, sehr gut. Und Ihnen?«

»Alles in Ordnung, Maître. Ich habe Ihnen schon die Post ins Büro gelegt.«

»Vielen Dank. Ich werde mich am Nachmittag darum kümmern.«

»Wollen wir auch noch über die Bestellungen sprechen, die eingegangen sind? Es sieht gar nicht schlecht aus.«

»Auch das machen wir am Nachmittag. Ich habe nun erst mal zu tun.«

Irritiert sah sie ihn an, doch er machte keine Anstalten, das Gespräch fortzusetzen. Sie ging nachdenklich aus dem Büro, kam aber nach einigen Augenblicken wieder zurück.

»Ach, und Monsieur Vial hat nachgefragt, wann Sie ihn zurückrufen.«

Er war wie vom Blitz gerührt. Die Worte hallten in seinem Kopf nach. Wie hätte er davon erfahren können? Er war doch in Afrika.

»Wer?«

»Monsieur Vial, der Austernzüchter.«

Der Knoten platzte wie ein Geschwür. Es tat weh.

»Sie meinen den Chef der Gewerkschaft?«

»Serge Vial. Genau.«

Es war nicht zu glauben.

»Sagen Sie, ist er der …«

»Ja?«

»Nein, schon gut. Ich werde mich nachher bei ihm melden.«

»Er klang ein wenig verwundert, dass noch nichts passiert ist – wegen der Bestellungen seiner Züchterkollegen. Er hat diese Woche schon viermal angerufen. Würden Sie ihn zurückrufen?«

»Mach ich, Madame Le Goff.«

»Er hat wirklich gedrängelt …«

»Ich habe gesagt, ich kümmere mich.« Er erschrak selbst über seinen Ton, er spürte, wie seine Hände zitterten.

»Gut, dann lass ich Sie jetzt mal …« Schnell war sie hinaus. Er stand auf, öffnete die Tür und ging hinter ihr her.

»Madame?«

Sie drehte sich um.

»Verzeihen Sie bitte. Die Hitze und die lange Zugfahrt, ich wollte nicht aus der Haut fahren.«

»Alles in Ordnung, Maître, ich bringe Ihnen gleich Wasser.«

»Danke, Madame Le Goff.«

Als er die Tür hinter sich geschlossen hatte, ließ er sich schwer atmend in seinen Sessel fallen und schloss die Augen.

Monsieur Vial. Das konnte kein Zufall sein. Er erinnerte sich an den kräftigen Mann in dem Holzfällerhemd, der in schlammbespritzten Gummistiefeln in sein Büro gestapft war.

Er rechnete nach: Serge Vial war Mitte, Ende sechzig. Wenn er früh angefangen hatte, könnte Docteur Vial sein Sohn sein. Es war möglich.

Er klappte den Laptop auf und gab *Docteur Vial* und *Médecins du Monde* ins Suchfeld ein. Die folgende Stunde flimmerten die Fotos und Zeitungsartikel über den Bildschirm. Er las alle Berichte wie im Fieber, immer wieder musste er sich zurücklehnen und kurz verharren. Der Mann war ein verdammter Held. Jean-Jacques Vial. Er hatte in so ziemlich jedem afrikanischen Land eine Klinik aufgebaut und wahlweise Schwangere,

Waisenkinder und Bürgerkriegsversehrte behandelt, und zwar stets kostenlos. Er war groß und mager, seine gesamte Erscheinung schrie förmlich *Abenteuer*, mit seinem braun gebrannten Gesicht und den kräftigen Armen, die aus den Hemdsärmeln herausragten. Immer hatte er denselben Gesichtsausdruck: ein wenig hochmütig, stets besorgt, als laste die ganze Verantwortung der Welt auf seinen Schultern, aber auch, als sei er und nur er fähig, diese Verantwortung zu erfüllen. Seine Augen waren die seines Vaters. Kein Zweifel.

Er spürte, wie es in seinem Bauch rumorte. Sein Blick fiel auf die Uhr. Kurz vor eins. Er hatte bisher keine einzige dienstliche E-Mail gelesen. Als er hinausging, um mit Madame Le Goff zu sprechen, war sie bereits zum *déjeuner* verschwunden, so schien es. Nein, sie wollte zum Arzt. Richtig. So war es. Er erinnerte sich, wie sie vorhin sein Büro betreten hatte, um sich zu verabschieden. Er hatte nur genickt.

Er würde Dominique danach fragen. Er musste sie danach fragen. Nach ihrem Mann. Er würde ihr von seinem Gefühl erzählen. Dass es sich falsch anfühlte, einen solchen Mann zu betrügen. Andererseits: Wer war er, sie darauf hinzuweisen?

Herrgott. Er wollte es. Er konnte an nichts anderes denken. Nur an sie. An die Nacht, die vor ihnen lag. Weil ihm die Nacht, die hinter ihnen lag, nicht mehr aus dem Kopf ging.

Er stieg die knarzende Treppe hinab und durchquerte die Halle. Heute grüßten ihn alle, die Frauen und Männer, er bekam stets ein erkennendes Nicken, ihr Blick ruhte auf ihm. Hatten sie erfahren, dass die Auftragslage plötzlich gut war? Waren sie einfach nur hoffnungsfroh? Vielleicht war das auch der Grund für das absonderliche Verhalten des Fahrers. Er wurde langsam schizophren. Maurice öffnete die Tür der Fabrik und trat an die frische Luft. Er sog seine Lungen voll.

Die alte Uhr zeigte an, dass seit seiner Ankunft nur wenig Zeit vergangen war. Er hätte die Uhr gern vorgedreht. Wenn es doch schon Abend sein könnte. *21 Uhr.* Er ging ihre Worte in Gedanken durch. Die knappen Worte des Briefes.

Er lief ohne Pause und ohne Halt, immer gen Norden. Hinter dem Hafen wurde der Weg steiler und führte ihn hinauf zur Pointe du Hock. Erst auf einem Felsen ließ er sich nieder, von hier oben überblickte er die ganze Bucht bis hinüber zum Klosterberg. Er war so aufgeregt, dass er seinen Fuß nicht still halten konnte. Unter ihm lagen die Austernbänke, die Säcke lagen auf den Holztischen aufgereiht, sie waren besetzt mit Algen und Muscheln, das Sonnenlicht wurde von der Reflexion der Schalen zurückgeworfen. Welches Austernfeld gehörte Serge Vial?

Er hatte überhaupt keine Ahnung von diesem Metier, als er den Insolvenzantrag der Firma übernommen hatte. Aber das war in seinem Beruf auch nicht nötig. Er arbeitete sich nur so weit in die jeweilige Thematik ein, dass er in der Lage war, eine Firma zu retten, egal, ob sie Fischernetze, Flugzeugteile oder Artischocken herstellte. Niemals hätte er gedacht, dass er sich wünschen würde, die Zeit in diesem bretonischen Dorf endlos verlängern zu können.

Er brachte die Stunden damit zu, das Meer zu beobachten, wie es mit der Flut immer höherstieg, bis die schlammige Wüste unter ihm verschwunden und zu einer dunkelblauen Fläche geworden war, mit kleinen schaumigen Wellen. Er spürte, wie müde er war. Aber es war nicht diese bleierne Müdigkeit von früher, die sich über die Tage legte, weil es für ihn keine Höhepunkte zu geben schien, keine Erwartungen. Diese Müdigkeit war anders, sie war wohlig, wie eine Erschöpfung von der ständigen Erregung. Er legte sich hin und schlief gleich darauf ein. Als er erwachte, war es kurz vor fünf. Seine Stirn war heiß, und sein weißes Hemd war voller Erdflecken. Und er spürte, wie sehr seine Haut spannte. Zwar war die Sonne hinter einer Wolkendecke verborgen, doch sie musste ihm trotzdem ordentlich zugesetzt haben.

Maurice stand auf und lief den Berg hinunter. Am Hafen verkauften die Züchter wie stets ihre Austern, er sah sich mehrmals um, aus Sorge, auf Monsieur Vial zu treffen, den er immer noch nicht zurückgerufen hatte.

Hinter der Mole standen Hunderte Sonnenschirme, in Weiß, Blau oder gänzlich Bunt. Die Familien waren aus dem ganzen Land für ihren Sommerurlaub angereist, zwei, drei, gar vier Wochen am Meer. Maurice konnte sich an keinen Urlaub erinnern, an dem sein Vater und seine Mutter mit einem Picknickkorb und einem Sonnenschirm mit ihm an den Strand gegangen waren. Er betrachtete die lachenden und spielenden Kinder wie ein Außerirdischer.

Die Fabrikhalle war leer, Maurice' Antrag auf Kurzarbeit war vor zwei Wochen durchgegangen. Wenn sich die Auftragslage verbesserte, könnte er den Antrag bald wieder zurückziehen. Er atmete auf, als er sah, dass Madame Le Goffs Büro bereits leer war. Ihre Handtasche war weg.

Er setzte sich an seinen Schreibtisch, klappte den Laptop aber gar nicht auf. Alle drei Minuten sah er auf sein Handy, weil er auf eine Nachricht von ihr wartete. Eine Absage aus Krankheitsgründen, wegen dienstlicher Verpflichtungen, so etwas. Aber es kam nichts. Wie denn auch? Sie hatten nie über Telefon kommuniziert. Warum sollte sie jetzt damit anfangen? Woher kam seine kleinliche Sorge? Warum konnte er nicht anfangen zu glauben, dass es ihr ernst war?

Um Viertel vor sieben nahm er seinen Koffer und ging langsam in Richtung Rue du Port. Die alte Frau an der Rezeption begrüßte ihn so unpersönlich wie das Mal zuvor und gab ihm seinen Schlüssel. Er ging auf sein Zimmer, duschte, zog sich um und war einige Minuten später wieder auf der Straße.

Heute war es nicht die Frau, sondern ein alter Mann, der in einem schwarzen Mercedes mit laufendem Motor auf ihn wartete.

»Nach Cherrueix, zum Restaurant des Parcs, s'il vous plaît.«

Der Fahrer nickte nur, dann zuckelte er los. Er fuhr langsam, der schwere Wagen glitt wie ein Schiff über die Landstraße, im Radio lief der Sender *Nostalgie*. Sie mussten hinter einem Trecker herfahren, es dauerte sicher fünf Minuten, bis der Fahrer überholte. Maurice sah immer wieder auf die Uhr, dabei hatte er jede Menge Zeit. Er würde überpünktlich sein, wie in der Woche davor.

Sie bogen von der breiten Départementale nach links ab, eine Stichstraße führte hinunter in den Ort. Cherrueix lag in der Bucht des Mont-Saint-Michel, das Dorf war klein, es bestand aus einer langen Straße von Steinhäusern, die auch in England hätten stehen können. Jedes dieser Häuser hatte einen Blick auf den langen flachen Strand. Aus dem Einerlei der Backsteine ragten einige Windmühlen heraus, die als Ferienhäuser genutzt wurden. Früher hatten sie darin das Getreide der Region gemahlen.

Die erste Mühle, die Maurice erblickte, hatte noch ihr altes hölzernes Windrad, sie sah aus wie jene auf dem Montmartre.

Der Fahrer hielt genau vor dem Rathaus, das in einem renovierten Backsteinbau untergebracht war, die Trikolore flatterte müde im lauen Abendwind. Die Wolken waren dichter geworden, doch noch immer lag eine drückende Hitze über der Bucht.

Es gab nur ein Restaurant an dem kleinen Marktplatz, die roten Markisen waren die einzigen Farbtupfer. Auf der Terrasse war jeder Tisch besetzt, doch als er näher trat, sah er, dass die meisten Gäste schon beim Dessert angelangt waren. Die ausländischen Urlauber aßen früh, früher zumindest als die Einheimischen, gleich würde ihre Stunde schlagen, die Bretonen hatten sicher erst zu halb neun oder neun Uhr reserviert. Schon kam der Wirt aus dem Restaurant gelaufen und begrüßte Maurice per Handschlag, als sei er ein alter Stammgast.

»Sie haben reserviert? Ein Zweiertisch, sehr wohl, dort vorne, der Ecktisch, der hinausblickt auf den Markt, und dort haben Sie auch einen Blick aufs Meer, ist es so recht, Maître? Gleich wird er frei sein, in zehn Minuten werden Sie dort Platz nehmen können, ich bringe den Gästen gleich die Rechnung.«

Seine Beflissenheit erschreckte Maurice. Für einen Bretonen war er freundlich, überfreundlich gar, ein Wirt alter Schule, auch wenn das in Paris anders verstanden wurde.

Um die Wartezeit zu überbrücken, ging Maurice die Dorfstraße entlang, blickte in die Fenster. Nur wenige waren geöffnet, die anderen mit Fensterläden verriegelt, um die Häuser vor der Hitze zu schützen. In einem Garten sah er eine Familie um einen langen Holztisch sitzen, auf dem Tisch stand eine große Schüssel mit Muscheln, er konnte erkennen, wie sie immer wieder in den Topf griffen, die Eltern, die Kinder, auch eine alte Frau war da, sicher die Großmutter. Ihn rührte dieser Anblick, wie sie aßen, Cidre tranken und dabei vom Tag erzählten. Er konnte sie nicht hören, aber er musste einen Moment zu lange hingesehen haben, denn die Mutter sah auf, blickte ihn an, sie schaute freundlich, als überlege sie, ihn hereinzubitten. Doch Maurice fühlte sich ertappt und nahm schnell seinen Spazierschritt wieder auf, drei oder vier Minuten ging er noch so, dann kehrte er zurück. Sein Tisch war bereits frei.

»Monsieur, Sie sind wieder da, kommen Sie.«

Der Wirt zog ihm den Stuhl zurück.

»Möchten Sie schon etwas trinken?«

»Danke, aber ich warte noch auf meine Begleiterin.«

Er lehnte sich zurück, seine Aufregung war zu greifen. Er hätte gerne schon einen Wein getrunken, um sich zu beruhigen, aber das wäre unhöflich gewesen. Also griff er wieder nach dem Gedichtband, den er in seinem Sakko bei sich trug. Er schlug das Buch auf, die Seite war schon ausgeleiert, er hatte sie oft gelesen, über diese Zeilen hatte er in der letzten Woche oft nachgedacht.

Sensation

Par les soirs bleus d'été, j'irai dans les sentiers,
Picoté par les blés, fouler l'herbe menue:
Rêveur, j'en sentirai la fraîcheur à mes pieds.
Je laisserai le vent baigner ma tête nue.

Je ne parlerai pas, je ne penserai rien:
Mais l'amour infini me montera dans l'âme,
Et j'irai loin, bien loin, comme un bohémien,
Par la Nature, – heureux comme avec une femme.

Arthur Rimbaud, März 1870

Empfindung

In blauer Sommernacht werd ich durch Felder gehn,
Hälmchen zertreten auf den kühlen Pfaden
Und träumerisch ein Prickeln spüren an den Zehn.
Ich werde meinen bloßen Kopf im Winde baden.

Ich werde dann nicht sprechen, werde an nichts denken:
Doch wird die Liebe meine Seele ganz durchtränken;
Und ich werd gehn, wie ein Zigeuner, fort durchs Blau,
Durch die Natur, – so glücklich wie mit einer Frau.

XII

»Hallo.«

Sie sagte es ganz schüchtern, und er zuckte augenblicklich zusammen, er hatte sie nicht kommen hören, weil er über dem Gedicht vertieft dasaß, er sah zu ihr auf, sie war noch schöner, als er es in seinen zweifelhaften Gedanken vor sich gesehen hatte – aber es waren Zweifel an ihm gewesen, nicht an ihr, das wurde ihm jetzt klar.

Sie lächelte ihn an, dabei wirkte sie zurückhaltend. Doch als er aufstand, trat sie heran, umarmte ihn eng, und ihr Mund traf seinen, ein sanfter Kuss, bevor sie ihren Kopf an seinen Hals legte.

»Ich bin froh, dich zu sehen.«

Die Worte waren geflüstert, in seine Armbeuge hinein, sie hielt ihn noch einen Moment, dann löste sie sich und setzte sich ihm gegenüber. Er hatte ihr den Platz mit dem Meerblick überlassen. Sie trug ein dunkelblaues Sommerkleid, das mit kleinen gelben Blumen bedruckt war. Es betonte das Weibliche an ihrer Figur, sie sah frisch aus, frisch und heil.

Als sie saß, hatte sich ihr Blick verändert, die Schüchternheit war verschwunden, das Funkeln war wieder da, und sie klopfte sogleich auf den Tisch, als sei sie abenteuerlustig in diesem Augenblick. Ihr Lachen lockte ihn.

»Es war ein langer und warmer Tag, ich habe großen Hunger und Durst. Sag, Liebster, was liest du da?«

Er hatte keine Zeit für eine Antwort, denn schon trat der Wirt an ihren Tisch.

»Madame, bienvenue au *Les Parcs*. Was darf ich Ihnen servieren? Einen Apéro?«

»Monsieur entscheidet für uns.«

Sie zwinkerte ihm zu. Maurice sah zu dem Wirt auf, seine Stimme klang etwas heiser, als müsse er sie noch suchen, doch dann fing er sich.

»Bringen Sie uns erst zwei *demi*. Frisches, kaltes Bier ist genau das Richtige bei dieser Hitze. Später dann eine Flasche Sancerre, aber er muss eiskalt sein. Und etwas Wasser dazu. Was empfehlen Sie heute?«

Maurice wollte keine Speisekarte. Der Wirt nickte mit einem Lächeln, so war er voll in seinem Element.

»Wir haben einen wunderbar frischen Loup de mer, dazu Ratatouille und Gratin dauphinois. Darf ich davon servieren? Es wird Ihnen bestimmt schmecken.«

Maurice suchte Dominiques Blick, und sie lächelte nur, als sei ihr alles recht.

»Das klingt gut. Aber bitte, lassen Sie das Gratin weg, wir nehmen nur etwas Brot dazu. Denn vorher nehmen wir einen Topf mit *Moules marinières*, den wir uns teilen. Bitte, lassen Sie keine Pause zwischen den Gängen. Wir werden anschließend noch ein Stück fahren.«

»Ah, Sie sind in Eile. Sehr gut, ich ahne schon, wohin Sie der Weg führt. Ja, das Lichterspektakel, es ist wirklich herrlich. Ich werde Ihnen ein Taxi rufen, das in anderthalb Stunden abfährt, dann haben Sie genug Zeit. Und ich werde meinen Koch anweisen, alles *à la minute* bereit zu haben. Lehnen Sie sich zurück und genießen Sie den Abend.«

Er bewunderte diesen Mann, der das kleine Restaurant führte, als sei es die größte Freude, und der zudem so versiert war, als könnte er auch ein Sternelokal führen. Ein formvollendeter Gastgeber.

Er lehnte sich wirklich zurück, wie der Mann es gesagt hatte, doch Dominique beugte sich im nächsten Augenblick vor.

»Also, was hast du gelesen?«

Er erzählte ihr von dem Gedicht. Vom Blau des Sommerabends. Davon, dass er es seit einer Woche ständig rezitierte.

»Es ist sehr schön«, sagte sie. »Eines seiner besten. Magst du Gedichte überhaupt? Ich habe dich das gar nicht gefragt.«

»Ich habe nie darüber nachgedacht. Wann kommen wir heute schon noch mit Gedichten in Kontakt? Ich lese Zeitung, ich lese viel im Internet. Aber Gedichte? Und dann begegnet mir dieses, weil du mir begegnet bist, und es lässt mich nicht mehr los.«

»Warum magst du ausgerechnet dieses?«

»Ich habe diesen Zustand noch nie gefühlt. Bis vor zwei Wochen. Bis du mir passiert bist. Und jetzt laufe ich durch die Welt und fühle mich, wie Rimbaud es beschrieben hat: Alles kommt mir so unendlich intensiv vor, die Welt da draußen, ich betrachte die Menschen mit anderen Augen, viel gütiger, so kommt es mir vor. Auch wenn mir das Geplauder vieler Menschen sehr unnötig vorkommt, als würden nur leere Worte gewechselt, um die Zeit totzuschlagen. Einzig unsere Unterhaltungen zählen für mich. Besonders aber fühle ich die Natur: Ich spüre, wie der Wind weht und wie heiß es ist, und alles kommt mir so vor, als sei es da, weil ich gerade so glücklich bin. Ich möchte mit nackten Füßen durch das Gras laufen und im Meer spazieren. Etwas, wonach ich mich nie gesehnt habe. Aber nun ist es so, als würde mir die Liebe eine neue Welt eröffnen. Ich verstehe, was er gemeint hat.«

Sie griff über den Tisch nach seiner Hand, streichelte sie kurz und wie in Gedanken und hielt ihn fest. Wenn er sie ansah, dachte er nicht zum ersten Mal, dass sie ihm wehmütig erschien, so wie sie ihn betrachtete, als sei da wahnsinnig viel Gefühl für ihn, aber auch ein irgendwie geartetes Leiden. Er würde sie nicht danach fragen, er konnte es nicht, und er wollte es nicht. Noch nicht.

»Das sind sehr schöne Worte«, sagte sie. »Ich danke dir.«

»Nein. Ich danke dir.« Er sah sie ernst an.

Der Wirt brachte das Bier, zwei kleine Gläser *Météor* einer Brauerei aus dem Elsass. Sie stießen an und tranken, er genoss die Kühle und den herben Geschmack, es war genau das Richtige nach diesem Tag. Gleich darauf kam auch schon der große Topf aus Emaille, er war bis zum Rand gefüllt mit Muscheln, deren weißes und orangefarbenes Fleisch aus den offenen Schalen hervorschien. Der Duft des Suds erfüllte augenblicklich die ganze Terrasse, der Weißwein, die Zwiebeln, der Knoblauch, es war wunderbar.

»Muscheln und Bier, es gibt nichts Besseres. Was für eine gute Wahl du getroffen hast.«

Immer wieder war sie es, die einen leichten Ton anschlug, die ihn von der Schwere seiner Gefühle wegholte, damit hob sie sofort die Stimmung, sie riss ihn mit, ihre Lebendigkeit lag in jedem ihrer Atemzüge.

Sie griff sofort nach einer der leeren Muschelschalen, die obenauf lagen, der Koch hatte an alles gedacht. Dann nahm sie eine gefüllte Muschel und nutzte die leere Schale als Zange, um das Fleisch zu lösen. Ihr Gesichtsausdruck war sogleich pures Entzücken.

»Es ist so gut, nun iss schon.«

Er nahm die erste Muschel, tunkte das mehlbestäubte krosse Baguette in den Sud und aß beides, es war eine Offenbarung; der Geschmack des Meeres, so pur und nur verfeinert durch einige wenige gute Produkte. Er schmeckte den Muscadet heraus, sein Vater hatte immer darauf geachtet, dass der Sohn sich auf Wein verstand, das zählte in seiner Gesellschaft: Mit Wein und Zigarren musste sich ein junger Mann auskennen.

»Weißt du, dass es mir genauso geht? Ich spüre die Dinge viel intensiver, seitdem wir miteinander geschlafen haben. Und das Beste daran: Es sind so einfache Dinge, die mir gefallen. Das Wetter, der Himmel, wenn ich am Strand ein Pferd traben sehe, das bringt mich um den Verstand. Ich habe innerlich jubiliert, als wir aufs Hotelzimmer gegangen sind, vor einer Woche in Saint-Malo. Zwei nackte Körper. Mehr braucht es nicht. Keine Rosenblüten, kein Champagner im Eiskühler, kein Geschenk in ein schreckliches Papier eingewickelt. Ich hatte regelrecht Angst davor, dass du dir etwas hast einfallen lassen. Ich will genau das, was wir getan haben. Dass wir uns nur auf uns konzentrieren. Ich bin begeistert, dass du dich darauf verlässt, dass alles, was ich will, deine Hände sind, deine Berührungen. Keine Ablenkungen, keine Nebensächlichkeiten. Nur du und ich. Ich will gar nicht wieder über meinen Mann reden an diesem Abend, aber das ist es doch: Immer ist da etwas, was meinen Blick fesseln soll, sicher, wir sind lange zusammen, da leidet auch das Begehren, aber ich brauche keine Geschenke, ich brauche nur volle Konzentration auf mich. Denn alle Ablenkungen und alle Geschenke sollen mir ja doch nur zeigen, was für ein toller Mann er ist. Es geht dann um ihn – und nicht um mich, verstehst du?«

Er nickte, er verstand wirklich, was sie meinte. Sie senkte die Stimme, weil der Wirt kam und den Wein brachte. Er öffnete die Flasche und goss Maurice ein. Diesmal probierte er. Es war ein junger und fruchtiger Wein, genau das Richtige für diesen Sommertag, also nickte er. Der alte Mann war zufrieden, aber er hatte auch nichts anderes erwartet, glaubte Maurice, er kannte seine Weine. Der Wirt nahm den Topf und ließ sie wieder allein. Sofort setzte Dominique wieder an, sie war noch nicht fertig und fuhr mit leiser Stimme fort.

»Du hast mich angesehen wie ein Heiligtum. Das bringt mich bis heute um den Verstand. Ich habe mich jeden Tag berührt, jeden Tag, seit wir miteinander geschlafen haben, und ich habe immer an dich gedacht. An deinen Körper, aber besonders daran, wie du mich angesehen hast. Das ist so erregend, es ist besser als alles. Ich habe mich seit dieser Nacht gefragt, warum du so bist. So empfindsam, meine ich. Auf der einen Seite wirkst du so klar und so stark, du wirkst wie ein Solitär. Und dann bist du empathisch, gefühlvoll, aber du kannst auch rau sein und weißt so genau, was du tust, weil du dich auf mich einstellst, ohne dich aufzugeben. Ich habe mich gefragt, wie das zusammenpasst.«

Maurice nahm einen Schluck, dann noch einen. Er musste nachdenken. Sie war klug, er wollte eine Antwort geben, die ihrer Klugheit entsprach. Er hatte selbst noch nie auf diese Weise über sich nachgedacht.

»Ich habe mich immer einen Eremiten genannt«, sagte er nach einer Weile. »Aber es ist besser so, wie du es sagst. Solitär. Das klingt schön, auch wenn es sich nicht immer so anfühlt. Es ist vielmehr so, dass ich immer allein war, in unterschiedlichen Formen zu unterschiedlichen Zeiten. Manchmal bin ich allein und sehr zufrieden damit, weil ich es selbst gewählt habe. Manchmal bin ich aber auch schrecklich einsam und weiß nicht, wie ich diesem Zustand entfliehen soll. Mit der Zeit habe ich mich besser mit dem Alleinsein angefreundet, auch wenn es mir wehtut, an so vielen Tagen. Es ist eben der vertrauteste Zustand, den ich in meinem Leben habe. Er ist wie ein Kokon. Doch jetzt bist auf einmal du da.«

Der Wirt tauchte wieder auf. Er trug zwei dampfende Teller, die er voller Stolz vor die beiden stellte.

»Heute Morgen vom Fischer gebracht. Der Wolfsbarsch. Genießen Sie ihn.«

»Bon appétit, mon cher.«

»Bon appétit.«

Das weiße Fleisch des Fisches war zart, die Filets waren in Butter gebraten, welche noch immer an der Haut schimmerte. Dazu gab es ein würziges Gemüse mit einem Hauch von Weißweinessig, Butter und schwarzem Pfeffer. Der Duft von Anis und Zitrone stieg vom Teller auf, ein glänzendes Grün auf reinem Weiß. Die Zucchini, Auberginen, Tomaten und Paprika strahlten um die Wette.

Sie aßen, schweigsam und immer noch hungrig. Maurice

betrachtete Dominique zwischendurch, als sie aus einer Mühle schwarzen Pfeffer über ihren Fisch mahlte, so als wäre es eine Wissenschaft für sich.

»Es war genau richtig, wie du es bestellt hast. Kein Gratin, es ist zu warm dafür, der leichte Fisch hätte das nicht verkraftet. So ist es perfekt.«

Die Flasche ging zur Neige, doch diesmal wartete er nicht auf ihre Meinung. Er gab dem Wirt ein Zeichen, der sofort eine neue Flasche brachte. Sie war noch kälter als die erste. Der Himmel war mittlerweile tiefdunkel, dicke schwarze Wolken hingen bedrohlich über der Bucht, dazwischen helle Flecken, wo vor einer Stunde die Sonne im Meer versunken war. Es wirkte so bedrohlich wie wunderschön. Der letzte Bissen, ein frisches Glas Wein, dann beendete Dominique die Stille.

»Deine Erklärung für den Solitär, ich weiß nicht, sie klingt ein bisschen traurig. Erzähl mir von dir.«

Diesmal war er es, der nach ihrer Hand griff, quer über den Tisch, und sie ließ es zu. Er streichelte ihre Finger, sah ihre frisch lackierten Nägel, ihre Hand verschwand unter seiner. Dann sprach er leise, als müsse er überlegen, wie genau sich alles zugetragen hatte.

»Ich bin am Rand von Paris geboren, zwischen der südwestlichen Banlieue und Versailles, in Saint-Germain-en-Laye. Es ist eine reiche Stadt, so wie meine Familie eine reiche Familie ist. Meine Eltern wussten immer, dass sie nur ein Kind haben wollten. Sie wussten, dass es der gesellschaftlichen Konvention entsprach, dass Leute wie sie ein Kind haben mussten, alles andere wäre merkwürdig gewesen, besonders in dieser Zeit, in den späten Siebzigern. Aber sie hatten diese klare Vorstellung, dass es ein Einzelkind sein musste. In ihrer Welt war nur Platz für ein Kind. So war ich von Geburt an ein Solitär. Mein Vater ist Anwalt, so wie ich einer bin, und er ist Insolvenzverwalter, so wie ich einer bin. Er hat sich ein Imperium geschaffen, ein kleines nur, aber sein Ruf trägt ihn, er sieht sich selbst als den bedeutendsten Anwalt auf diesem Rechtsgebiet im Land. Dass ich den gleichen Beruf ausübe, hat er erwartet. Aber er hat nie zugeben können, dass ich sein Nachfolger bin. Niemand kann ihm folgen, niemand ist so gut wie er, ich schon gar nicht. Meine Mutter hat nie gearbeitet. Für sie hatte mein Vater die klassische Rolle der Hausfrau vorgesehen. Alle anderen Frauen im feinen Viertel der Stadt hatten dieselbe Rolle. Nur war das nie das Leben, welches meine Mutter sich vorgestellt hatte. Sie stürzte sich in Ehrenämter, hatte unzählige Posten in der Gemeinde und war Mitglied in allen Verbänden, die es in Saint-Germain-en-Laye gab. Sie verbrachte mehr Zeit in der internationalen Schule als ich, so denke ich heute. Während ich am Nachmittag längst mit dem Fahrrad durch den Schlosspark fuhr, verbotenerweise natürlich, saß sie noch im Elternbeirat im Schulgebäude. Kennst du das Wahnsinnsschloss in dieser Stadt? Es ist eine Augenweide, ich muss es dir mal zeigen.«

Er spürte, dass er zu weit ging, aber sie lächelte unverwandt, dann drückte sie seine Hand.

»Erzähl weiter, Liebster.«

»Ich bin mir sicher, dass sie zahlreiche Affären hatte. Wahrscheinlich hatte mein Vater die auch, aber er hat es gemacht wie die anderen Männer seines Standes, diskret und ohne Folgen. Meine Mutter war anders, sie hat damit kokettiert, manchmal wurde mir in der Schule zugeflüstert, man habe sie gesehen, Madame van der Berge, mit einem der Väter aus einer anderen Klasse, auf einem Ball im *Centre des Loisirs*, da habe sie sich geküsst, mit diesem Mann, dem Vater von – und so weiter. Meine Mutter sei ›heiß‹, so etwas wurde mir zugeraunt, kannst du dir das vorstellen? Ich bin mir sicher, dass mein Vater das mitbekommen haben muss, aber er hat nie etwas gesagt. Mir war immer, als würden sie das unter sich ausmachen, als würden sie es einbinden in diese große Liebe, die sie beide angeblich verband. Ich bin mir nicht ganz sicher, ob sie eine große Liebe hatten – so wie ich Liebe verstehe. Doch bis heute verbindet sie eine Innigkeit, eine besondere Loyalität.«

Er atmete schwer, weil er das Folgende noch nie ausgesprochen hatte.

»Ich habe in jeder Minute gemerkt, dass ich keinen rechten Raum in ihrer Beziehung habe. Sie haben sich betrogen, und doch waren sie für ihre Verhältnisse perfekt miteinander, sie haben eine Fassade aufrechterhalten, und sie haben sich immer gefördert und sind auf eine Art miteinander gewachsen. Ich kam dazu, weil es dazugehörte. Ja, wahrscheinlich haben sie mich sogar geliebt, aber sie haben es mir auf eine ganz eigentümliche Weise gezeigt. Ich habe es gefühlt wie eine Liebe zweiter Klasse. So, als sei ihre Verbindung, ihr standesgemäßes Leben, so inszeniert es auch manchmal war, das einzig Wahre – und als sei ich nur das Ergebnis davon. Mich hat dadurch das Gefühl beschlichen, es nicht wert zu sein, mehr geliebt zu werden. Vielleicht bin ich das bis heute nicht losgeworden.«

Nun wand sie sich aus seinem Griff. Er hatte ihre Hand bis dahin ganz fest gedrückt, wie ihm nun auffiel. Sie legte ihre Finger sanft auf seine.

»Aber Liebster, es wird doch jemanden gegeben haben, der dich geliebt hat. Später …«

XIII

»Es ist, als hätte ich mir dieses Gefühl verboten. Sehr früh sogar. Als hätte ich gespürt, dass es keine Magie gibt. Und dann war mein Gefühl: Wenn ich als Mensch diesen Weg gehe, dann ziehe ich nur Menschen an, denen Ähnliches passiert ist. Menschen, die sich einen Panzer zugelegt haben gegen die Härten der Welt. Als ich ein junger Mann war, in der Vorbereitungsklasse für die Grande École, zählte nur Leistung. Die Studenten waren einzig und allein auf Erfolg ausgerichtet. Nicht nur im Studium, nein, auch im Leben. Es war kein Werben, kein romantisches Streben. Es war Trieb. Damals gab es dort ohnehin nicht so viele junge Frauen, und die, die es gab, waren darauf aus, so klug und stark und forsch zu sein wie die Männer – dabei waren sie ohnehin viel klüger. Wir alle verboten uns, allzu viele Gefühle preiszugeben. Ich habe gelernt, dass es mich schwächt, Gefühle zu zeigen.«

Maurice nahm noch einen Schluck Wein, und dann noch einen, bis das Glas leer war. Ihm fiel auf, dass es wie damals war, in der Grande École. Auch beim Essen ging es darum, schneller zu sein. Schneller als die anderen. Ihm war, als habe das Gespräch darüber das Gefühl heraufbeschworen.

»Ich hatte über einen kurzen Zeitraum wechselnde Freundinnen, aber irgendwann war da nur noch eine Frau: Agnès. Für viele Jahre, elf genauer gesagt, aber diese Jahre waren geprägt von ständigen Abwesenheiten. Mal war sie auf Reisen oder an einer Uni im Ausland, dann hatte sie wichtige Jobs, die sie ständig nach New York führten oder nach London –

und ich war auch viel unterwegs, weil ich von Anfang an im Insolvenzrecht tätig war. Es ging weiter wie im Studium. Leistung und Flucht. Keine Ahnung, ob es eine Flucht vor uns war, eine Flucht vor den Gefühlen, die wir uns abtrainiert hatten. Wären wir zusammen gewesen, die ganze Zeit, wie ein junges Paar, dann hätten wir uns schnell getrennt, denke ich. Aber wir hatten, wenn wir uns dann sahen, auch gute Zeiten, wenn man das so sagen kann. Wir reisten, wir machten Städtetrips nach Barcelona oder Prag, und einmal im Jahr flogen wir zwei Wochen auf irgendeine Insel in der Karibik oder nach La Réunion. Wir richteten unsere Wohnung schön ein, wir zogen schnell zusammen, musst du wissen, in die Wohnung im Sechzehnten, die meine Eltern für mich gekauft hatten. Aber es folgte nichts daraus, weil sie nicht den nächsten Schritt gehen wollte oder auch weil ich es irgendwann nicht mehr wollte. Ich wollte kein Kind mit einer Frau, die so sein würde, wie meine Mutter es zu mir war. Das ist nicht böse gemeint: Ich wollte auch selber nicht wie mein Vater werden, Gott bewahre. Vielleicht wollte ich das alles gar nicht. Weißt du, warum?«

»Ich ahne es.«

»Ich konnte mir nicht sicher sein, dass ich genug Liebe empfinden würde für dieses kleine Wesen. Ich …« Er brach ab, weil er wusste, wie furchtbar das war. Es ließ ihn nicht im besten Licht dastehen. Aber es war ehrlich. Den nächsten Satz hörte er sich sagen, als käme seine Stimme aus weiter Ferne.

»Einmal aber gab es etwas. Jemanden. Da war es anders.«

Maurice sah, wie der Wirt aus dem Inneren des Restaurants immer wieder zu ihnen hinausblickte. Er beobachtete den Tisch, sah, dass beide Gläser bald leer waren, aber er benahm sich vorbildlich. Er musste spüren, dass das Gespräch zu intensiv war, als dass er sich hinauswagte. Also goss Maurice den beiden selbst nach und unterbrach so seinen Redefluss. Aus den Augenwinkeln sah er, wie der Wirt zufrieden nickte und sich abwendete. Dies war ein wichtiger Moment, weil

Maurice sich danach im Klaren war, dass er auch wirklich weitererzählen wollte. Sie drängte ihn nicht, sie ließ ihm die Zeit, die er brauchte, auch wenn sie ihn aufmerksam ansah.

»Ich war fünfzehn, und meine Eltern schickten mich auf eine Rüstzeit der jungen Katholiken. Wir waren im Département Landes, weißt du? Dort unten, südlich von Bordeaux, am Atlantischen Ozean. Ein kleines Kaff, Saint-Girons Plage hieß es, ein Zeltplatz in einem Seekiefernwald. Wir haben gezeltet, lauter reiche Kinder von reichen Eltern. Doch es gab eine Ausnahme. Da war Carole. Sie war fast siebzehn, ein wildes Mädchen aus dem Norden. Sie war als Stipendiatin auf diese Rüstzeit gekommen, ihre Eltern hatten nicht viel Geld. Das hat man ihnen angesehen, sie haben die Rüstzeit besucht, weil sie ganz in der Nähe Urlaub machten, mit Caroles kleiner Schwester. Carole war blond, ihr Gesicht war voller Sommersprossen, sie konnte Beachvolleyball spielen und surfen, wie ich es nie wieder bei jemandem erlebt habe. Die anderen Mädchen rümpften die Nase über sie, weil ihre Klamotten aus dem Kaufhaus waren und nicht aus einer Boutique aus der Avenue Montaigne. Ich war hin und weg von ihr. Sie war unbändig, sie war wild, sie hatte keine Probleme damit, ihr Surfbrett die Düne hochzuschleppen, während die anderen Mädchen immer schnauften und sich selbst die Strandtasche von den Jungs tragen ließen. Wir haben uns am ersten Abend geküsst, und dann waren wir die ganzen drei Wochen zusammen. Immer heimlich. Wir hatten das beide so besprochen. Ich war irgendwie nicht Teil der Gruppe, und sie war eine Außenseiterin, so hat sie es selbst gesagt, und so hat sie es auch gewollt. Ich war so verliebt. Sie hat mir alles beigebracht, sie war das Mädchen, mit dem ich zum ersten Mal geschlafen habe. Wir haben nächtelang im Wald gelegen oder auf der hohen Düne, wir haben uns den Sonnenuntergang angeschaut, sie hat mir das Surfen gezeigt, aber ich war furchtbar. Wir haben Dosenbier getrunken, geraucht und dann bis zum Sonnenaufgang wach gelegen und geredet. Sie mochte mich einfach, und das war das Schockierendste an der ganzen Angelegenheit: Sie mochte mich nur, weil ich *ich* war. Nicht, weil ich etwas darstellte oder etwas werden wollte. Sie mochte den, der ich war. Ich habe das nicht gleich verstanden, weil das Gefühl mir so fremd vorkam. Ich hatte es nie zuvor verspürt. Das hat mich glücklich gemacht, und doch war ich mir damals schon klar, dass es enden würde. Weil es nicht ausreichen würde, weil sie erkennen würde, dass ich nicht gut genug wäre, so wie meine Eltern es in meiner Vorstellung auch empfanden. Sie spürte, wie sehr ich litt, sie wollte mir helfen. Wir machten Pläne, wir sprachen sogar darüber abzuhauen. Wir wollten nach Spanien. Sie wollte kellnern, ich hätte auf einem Campingplatz angeheuert. Irgendwann hätten wir geheiratet, das war mein Gedanke, siehst du, wie bürgerlich ich schon damals war? Aber immer hätten wir uns geliebt, das war uns beiden klar. Es war so verrückt, zu schön, um wahr zu sein. Nach drei Wochen kamen meine Eltern mit ihrem dicken Jaguar. Sie kamen Hand in Hand auf den Campingplatz, griffen sich meine Reisetasche. Ich sagte: *Mama, Papa, darf ich euch noch jemand vorstellen?* Sie sagten: *Wir haben Gäste in unserer Ferienwohnung in Biarritz, die musst du kennenlernen. Maurice, komm.* Ich habe widersprochen, aber meine Eltern haben überhaupt nicht zugehört, sie haben sich umgedreht und sind Hand in Hand davongegangen.«

Er fuhr sich mit der Hand durchs Haar, sein Blick war verzweifelt, und er konnte den ihrigen nicht deuten. Ihre Augen waren feucht.

»Ich habe mich zu Carole umgedreht, ihr Gesicht schien zu sagen: ›Geh.‹ Ich bin zu ihr, sie hat mich in den Arm genommen und geflüstert. ›Später.‹ Ich werde es nie vergessen. Also folgte ich meinen Eltern, stieg ins Auto, und wir fuhren davon. Ich werde ihr Gesicht nie vergessen. In der Ferienwohnung direkt über dem Casino wartete eine reiche Familie aus Saint-

Germain-en-Laye mit ihrer Tochter. Sie war dann meine erste Freundin. Drei Jahre, in denen wir sexuell alles ausprobiert haben, wir haben Drogen genommen und sind mit Jachten im Mittelmeer gekreuzt, aber wir haben uns nicht einmal annähernd so geliebt, wie ich in diesen drei Wochen Carole geliebt habe. *Je t'aime* – das hat sie mir in der vorletzten Nacht auf der Düne gesagt. *Je t'aime.* Und ich habe es erwidert. Es kam viel zu spät, ich hätte es schon in der ersten Nacht auf der Düne sagen können. Aber ich habe mich nicht getraut. Ich brauchte sie, um den Mut zu haben, es zu wiederholen. Ihr nachzusprechen, gewissermaßen. Ich habe mir sicher zehn Jahre verboten, an Carole zu denken, weil ich mir im Klaren darüber war, dass es die Chance meines Lebens war. Ich hatte sie verloren. Aber seitdem ich dich kenne ...«, er zögerte, aber dann entschied er sich, »seitdem denke ich jeden Tag an sie. Versteh das nicht falsch, ich meinte nicht ...«

Er versuchte, ihre Hand zu nehmen, doch ihre Rührung schien nun zu gewaltig, sie schaute auf den Tisch, und als sie wieder aufblickte, sah er, dass sie weinte.

»Keine Sorge«, presste sie schnell hervor, »ich verstehe das ganz richtig, und es ist das größte Kompliment, das du mir machen kannst.«

»Ich frage mich: Was ist es, was wir haben?«

Sie wischte sich über die roten Augen.

»Ich verstehe die Frage, weil ich sie mir auch stelle. Aber ich frage dich ganz offen, Liebster, ist das wichtig?«

»Vielleicht sind es Konventionen, die mich dazu veranlassen, es wissen zu müssen.«

»Oder dein Herz?«

»Vielleicht ...«

»Ich habe mich in dich verliebt. Im ersten Augenblick. Aber was sagt dein Gefühl?«

»Ich kann an nichts anderes denken als an dich. Jeden Tag. An nichts anderes mehr.«

»Das ist so schmeichelhaft wie besorgniserregend.«

Sie lachte.

»Mach dich nicht lustig.«

»Nichts liegt mir ferner.«

»Ich möchte jetzt gehen.«

»Das möchte ich auch. Hätte ich nicht solchen Hunger gehabt, wären wir überhaupt nicht hier sitzen geblieben. Ich kann an nichts anderes denken, wenn ich an der Rezeption stehe, ich sehe dich immer, wie du dich über mich beugst, dich mir hingibst. Es erzeugt ein besonderes Gefühl in mir, eine Erregung, ich hätte nicht gedacht, dass ich so etwas erleben darf.«

Sie sprach nun ganz leise, beinahe beschwörend.

Maurice winkte den Wirt heran, der auf einem Stück Papier die Rechnung per Hand schrieb.

»Das Taxi habe ich schon gerufen, es wird gleich hier sein. Sie müssen sich beeilen. Es wird gleich regnen.«

»Meinen Sie?«

»Ein heftiges Gewitter, ich spüre es, eine alte Wunde, die sich dann immer meldet.«

Der Wirt zeigte zum Himmel, dann nahm er Maurice' Geld entgegen und steckte es ein.

»Der Fahrer ist ein Freund von mir, er wird sich beeilen.«

Tatsächlich kam zwei Minuten später ein Wagen, ein kleiner Renault, und hielt genau vor dem Restaurant. Der Fahrer ließ die beiden einsteigen, dann raste er los.

»Christophe hat mir schon gesagt, wohin es geht. Genießen Sie die Fahrt.«

Sie saßen zusammen auf der Rückbank, Maurice spürte die Wärme, die von Dominique ausging. Sie berührte seinen Oberschenkel sanft mit ihrer Hand, er löste den Gurt und rutschte näher, legte seinen Arm um ihre Schulter, sie schmiegte sich an ihn. Er roch ihr Haar, da war wieder der Geruch, den er unter einer Million Menschen erkennen würde, zweifelsohne. Seine

Hand streichelte sie, der Stoff ihres Kleides war so dünn, es war, als berühre er ihre nackte Haut. Ihre Hand rutschte höher, sie berührte ihn und stöhnte ganz leise.

»Ich will dich.«

Nur ein Flüstern.

»Ich will dich auch.«

Zehn Minuten später hielt das Taxi.

»Ich darf nur bis hier fahren. Sie müssen über die Brücke laufen, die Navette fährt so spät am Abend nicht mehr. Ich könnte auch bis vorne fahren, aber es gibt Kameras, und die Strafe wollen sie nicht bezahlen. Ich werde sie jedenfalls nicht bezahlen.«

»Ist schon in Ordnung. Wir laufen gerne.«

Maurice gab ein großzügiges Trinkgeld, dann stiegen sie aus.

»Wow. Jedes Mal wieder: wow. Dass du mich hierherbringst. Ich hatte es gehofft, aber es ist wirklich …«

Der Anblick war in der Tat gigantisch. Hoch aufragend, mitten im Meer, stand der Klosterberg, nun in der Nacht ein schwarzer Koloss aus Stein, doch da waren Hunderte Lampen und Scheinwerfer, die ihn anstrahlten, vom Meer aus und von innen ans alte Klostergebäude heran. Der Turm war auf eine Weise illuminiert, dass er wie eine glänzende Spitze aussah, die über allem schwebte. Auch die Unterseite der Festungsmauer glänzte im Schein des gelben Lichtes, genau wie die gewundene Brücke, die zum Klosterberg führte. Sie war erst vor wenigen Jahren auf Stelzen gebaut worden, damit das Meer die versandete Ebene wieder für sich einnehmen konnte. Die verschiedenen Ebenen, die schiefen Dächer der Häuser, die dicken Klostermauern weiter oben, die Dächer der Abtei – all das lag ihnen zu Füßen. Das Kloster dort oben und seine Kirche waren die Hauptsehenswürdigkeiten der Bretagne, auch wenn der Berg genau genommen schon in der Normandie lag; ein unsinniger jahrelanger Streit. Doch was die Touristen nicht wussten, war, dass der Mont-Saint-Michel eben auch ein Dorf war, ein Dorf mit dreißig Einwohnern, und so war es rund um die Uhr geöffnet. Um diese Zeit kamen allerdings keine Touristen mehr, obwohl der Berg gerade jetzt am schönsten war – das achte Weltwunder war es, das wussten die Menschen hier.

XIV

Jetzt war Maurice es, der nach ihrer Hand griff. Sie betraten die Brücke aus Holz und Eisen, die in einer steten Linkskurve über das geflutete Becken führte.

Sie liefen ein Stück, und Maurice konnte den Blick nicht von diesem Bauwerk lösen. Die Wellen schlugen unten an die Brücke, als er leise sagte:

»Unfassbar, dass die Menschen vor so vielen Jahren diesen Berg dem Meer abgetrotzt haben.«

Sie überlegte kurz, dann fragte sie gänzlich ohne Zusammenhang:

»Hattest du Sehnsucht nach der Liebe?«

Vielleicht nahm sie auch nur das Gespräch von vorhin wieder auf, doch dann ging alles ganz schnell. Sie wartete seine Antwort nicht ab, stattdessen kam sie ein Stück näher, dann war ihr Gesicht nah an seinem, sie fanden einander, ein Kuss im Licht dieses Berges. Sie suchte und fand seine Zunge, sie wollten sich nicht mehr loslassen. Ihre Hände überall. Diese Brücke durfte nicht so lang sein, wie es schien.

Als sie sich lösten, sah sie ihn an. Ihre Frage hallte nach.

»Ich wusste nicht, dass mir solche Schmetterlinge im Bauch noch einmal vergönnt sein werden. Ich hatte eine Vorstellung davon, in diesem einen fiebrigen Sommer im Südwesten. Aber wenn ich daran zurückdenke, ist es wie eine Kinderliebe. Ein Gefühl wie Zucker. Etwas, das so fern und absurd erschien, dass es niemals wiederkommen würde. So dachte ich es. Wie der Augenblick, wenn man morgens aufwacht und alles auf einmal gut ist, es keine Sorgen mehr gibt, diesen einen winzigen Moment lang, bis die Unschuld verschwindet und der Tag beginnt, mit seinen Ängsten und Ärgernissen und seiner Lieblosigkeit. Deshalb frage ich mich das selbst: Hatte ich Sehnsucht danach? Ich wusste nicht mehr von diesem Gefühl, ich hatte keine Ahnung. Aber nun, wo ich es spüre, all das, was du mit mir machst, nach einer gemeinsamen Nacht, da denke ich, wie soll ich jemals wieder ohne sein?«

»Gleich sind es zwei Nächte«, sagte sie und zog ihn weiter, lachend, als hätte es seine Sorgen gar nicht gegeben. Sie waren ein Stück gegangen, vielleicht ein Drittel der Brücke hatten sie geschafft, als der Wind auffrischte. Ihre Haare waren ganz rot in diesem Lichtschein, sie wehten wild, und dann war es, als würden sich die hellen Wolkentürme absenken auf die schwarze Landschaft, einem grau glitzernden Spektakel gleich. Es dauerte keine Minute, erst war es ein leises Tröpfeln, dann aber knallte und krachte es um sie herum, und aus den kleinen Tropfen wurden dicke Bindfäden von Wasser, die nur so auf sie herabfielen. Über dem Berg zischten die Blitze. Sie wären hier sicher, keine Frage, der Mont-Saint-Michel war zu hoch und zu massiv. Gäbe es einen Blitz, würde er die Gebäude treffen. Aber sie mussten sich dennoch beeilen. Er überlegte einen Moment, ob Dominique wohl Angst hatte vor diesem Unwetter. Aber dann sah er ihr Gesicht. Nein, keine Angst. Es war so viel Regen, dass sie keine zehn Meter mehr sehen konnten, im Nu war Dominiques Kleid klitschnass, es klebte an ihrem Körper, auch Maurice war komplett durchnässt, er zog sein Sakko aus und hielt es ihnen über den Kopf, aber es war nur ein jämmerlicher Versuch. Der Regen, der Wind, dieses Gewitter über dem Meer, all das war einfach zu stark. Sie begann auf einmal zu lachen, zog ihre hohen Schuhe aus und hielt sie in der Hand, dann zog sie ihn mit sich, auch er fing an zu lachen, dieser Augenblick war einfach zu komisch. Sie waren die einzigen Menschen weit und breit, und sie rannten auf den Klosterberg zu, das Wasser lief ihre Wangen herab, ab und an blieben sie stehen und küssten sich, sie waren schon so nass, da war es auch egal. Dann rannten sie schnell weiter, bis sie eine Viertelstunde später das Stadttor erreichten und Dominique dort im Trockenen stehen blieb, während Maurice sich noch einmal vor das Tor stellte, die Arme hob und den Himmel anrief, gerade als ein neuer Blitz zuckte. Sie sah ihm zu und lachte fröhlich. Dann fiel sie ihm in die Arme.

XV

»Was machst du?«

Sie drehte sich um und sah ihn an. Sie lächelte, er konnte ihr Gesicht gut sehen, weil das Licht durchs Fenster hereinschien.

»Du hast so schön geschlafen, aber ich konnte nicht. Ich wollte das Meer sehen, wie es sich langsam zurückzieht.«

»Sitzt du schon lange da?«

»Eine Weile.«

Er betrachtete ihren nackten Körper. Sie hatte Gänsehaut, weil es sich abgekühlt hatte und durchs offene Fenster ein frischer Wind ins Zimmer wehte.

»Du siehst nachdenklich aus.«

»Ich denke über das nach, was du mir gestern Abend erzählt hast.«

Er stand auf und ging hinüber zu ihr, setzte sich hinter sie auf den Hocker, schmiegte sich an ihren Rücken und küsste die kleine Kuhle in ihrem Nacken. Sie stöhnte sanft.

Der Blick aus ihrem Hotelzimmer auf dem Klosterberg war unglaublich. Die kleine Gasse, die Grande Rue, lag ihnen zu Füßen, menschenleer, die alten Laternen leuchteten in einem rötlichen Ton, dahinter die niedrige Mauer und dann nur noch das Watt. Die Ebbe hatte die Bucht freigelegt, als wäre alles Wasser auf einmal verschwunden und würde nie mehr wiederkommen. Der Mondschein spiegelte sich in den winzigen Teichen, die zurückgeblieben waren. Dort hinten war eine winzige Insel, *La Tombelaine*, ein Schatten nur, früher hatten dort Mönche gewohnt.

»Komm wieder ins Bett.«

Sie ergriff seine Hand, die er um ihren Körper gelegt hatte. Dominique war so warm und zart, dass er sie wieder spüren wollte. Zusammen gingen sie die drei Schritte, dann fielen sie in das kleine Bett, die Zimmer hier hatten bescheidene Ausmaße, die Mönche hatten die Häuser im Dorf nicht groß gebaut, sie mussten an die schmalen Hänge passen.

Er legte sich in ihren Arm, seine Brust und sein Bauch lagen halb auf ihrem Oberkörper, ihre Beine waren ineinander verschlungen.

»Bist du deinem Vater böse? Oder deiner Mutter?«

Er hätte gerne gleich wieder mit ihr geschlafen, wie vorhin, als sie sich noch auf dem Flur ihrer nassen Sachen entledigt hatten. Er hatte hektisch mit dem Schlüssel im Schloss gefummelt, dann war die Tür endlich aufgegangen, und sie waren förmlich ins Zimmer gefallen, immer noch lachend, glucksend. Dann hatten sie außer Atem und in großer Hast miteinander geschlafen. Sie hatte ihn förmlich eingesogen, er hatte sie am ganzen Körper geküsst, weil er sich so nach ihrer Haut gesehnt hatte, nach dem Leberfleck über dem Bauchnabel, nach ihrer Narbe, nach ihren schönen Brüsten, nach den kleinen hellen Härchen auf den Beinen. Sie waren gleichzeitig gekommen, es war ein Wiederfinden zweier Körper, die zu lange ohne einander gewesen waren. Danach hatten sie lange dagelegen, bevor sie ihn wieder zum Leben erweckt hatte, dann hatten sie es zärtlich und langsam noch einmal getan, eine Ewigkeit des Liebkosens und Küssens und des Ineinanderversinkens.

Nun aber stand ihre Frage im Raum.

»Ich weiß es nicht. Eigentlich empfinde ich nichts für ihn, und vielleicht ist das das wichtigste Ergebnis von dem, was er mich gelehrt hat. Er hat mir Werte vermittelt, seine Werte. Aber er hat mich das eher fühlen lassen wie einen künftigen Angestellten, nicht wie seinen Sohn. Und doch ist ihm bis heute nicht gut genug, was ich tue. Andererseits – meine Therapeutin sagt immer: *Wo ist denn Ihre Wut? Warum sind Sie nie wütend, Monsieur van der Berge?* Es stimmt. Ich müsste Wut empfinden, ich müsste ihn sogar hassen für seine Kälte. Warum kann ich das nicht? Warum kann ich nicht groß fühlen?«

»Das kannst du, Liebster. Du hast mir vorhin in sehr schönen Worten deine Liebe gestanden.«

Er sah sie an, fand ihre Augen, ihre hellen Augen mit den gelben Sprenkeln, die zu ihm herunterschauten.

»*Je t'aime.* Ich liebe dich.«

Sie zog ihn hoch, dann küsste sie ihn und flüsterte, ein Mantra, das ihn verfolgen sollte, die nächsten Tage, Wochen, er wusste es in dem Moment, als sie es sagte.

»Ich dich auch. Ich liebe dich.«

Sie half ihm, nahm seine Hand und legte sie zwischen ihre Beine, eine Einladung, sie nahm ihn und führte ihn, sie war feucht. Der Duft ihrer Haut, Maurice wurde wahnsinnig, wie sollte er jemals wieder ohne diese Frau sein. Er sah ihre Augen, verschwommen und fern, voller Sehnsucht, schon wieder, diese Sehnsucht, von der er wollte, dass er sie jeden Morgen seines Lebens erblicken durfte. Wann hatte er jemals etwas so Schönes erlebt?

Später, die Nacht löste sich langsam von der Bucht, das erste Licht des frühen Morgens drang durchs Fenster hinein, lag sie in seinem Arm. Sie war zusammengerollt wie ein Embryo, und er lag an sie gekuschelt, sein Körper formte ihren Körper nach, sie waren ganz müde und schläfrig, die Worte nur noch leises Murmeln.

»Sag, Liebste, ist Serge Vial dein Schwiegervater?«

»Ja, das ist er. Wieso fragst du?«

»Wir haben beruflich miteinander zu tun.«

»Er ist ein Schuft. Ein Erfolgsmensch, ein Menschenfänger. Aber vor allem ein Schuft.«

»Wieso?«

»Er mag keine Frauen, er ist nicht gut zu seiner Frau und nicht gut zu mir. Aber …«

»Was?«

»Er ist ein Produkt seiner Zeit. Wie deine Eltern, vielleicht.«

Sie nahm seine Hand drückte sie fester an sich.

»Lass uns aufhören, sonst schlafen wir nie ein.«

Nach einigen Minuten hörte er sie gleichmäßig atmen, er aber blieb noch eine Weile wach, der Tag lag ihm auf der Seele. Die Liebe zu ihr war so stark, wie er es nie für möglich gehalten hatte. Alles in seinem Kopf vermischte sich zu einer Vorahnung, zu einer dunklen schweren Vorahnung.

XVI

Maurice erwachte vor Dominique, sie lag ein Stück entfernt am Rande des Bettes. Die Decke war heruntergerutscht, sodass er ihren Körper betrachten konnte, sie lag auf dem Rücken.

Langsam kroch er ein Stück herunter, bis sein Kopf zwischen ihren Beinen angelangt war. Sie erwachte nur langsam, sie räkelte sich, dann begann sie, schwer zu atmen. Sie griff nach seinem Kopf und hielt ihn, wo er war, sie hielt ihn fest. Er bewegte sich in dem Rhythmus, den sie ihm vorgab, sie hielt die Augen geschlossen, ihre Hände krallten sich in den geblümten Kissenbezug. Irgendwann griff er nach ihren Armen und drückte sie fest auf das Laken, hielt sie, fast brutal, sie rang mit ihm, er sog sie ein, ließ sie nicht mehr los, bis sie kam.

Später saß sie auf ihm, ihren Körper bog sie zurück, ihr Haar fiel auf seine Beine. Er hätte gerne ein Bild davon gemalt, diese Frau im Licht des Morgens, sie bewegte sich immer schneller, war nur noch Lust und Liebe, er schrie nach ihr, und sie antwortete. Schließlich konnten sie nichts mehr außer atmen und stillliegen und sich umarmen.

»Ich liebe dich.«

Er hätte so viele Fragen an sie gehabt, doch für den Moment war es ehrlicher so, weil es nach diesem Satz nichts mehr gab, was er fragen musste.

Sie standen auf und duschten gemeinsam, alles in diesem Zimmer war alt und entsprach der Architektur des Klosterberges, das warme Wasser tröpfelte lediglich aus dem Duschkopf.

»Ich könnte den ganzen Tag mit dir in diesem Zimmer bleiben«, sagte sie. »Aber ich werde im Dorf erwartet. Was wollen wir frühstücken?«

Bald saßen sie auf der Grande Rue, die längst wieder überlaufen war von den Touristenmassen, die mit Bussen bis zu der Brücke gekarrt worden waren. Es war ein buntes Treiben auf der Promenade, blasse Engländer und laute Amerikaner und kulturbeflissene Franzosen und schlechtwetterbewehrte Deutsche konkurrierten um die Urlauberhoheit, die eine Hälfte wollte hinauf ins Heilige des Berges, die andere Hälfte kam nur zu den Postkarten- und Andenkenläden hier unten.

Dominique und Maurice sahen sich das Spektakel an und mussten lachen. Sie genossen ihre Croissants und ihren Kaffee.

»Erzähl mir, wie du lebst, wenn du in Paris bist. Avenue Foch, das ist am Arc de Triomphe, oder? Dort ist dein Büro?«

»Ja, es ist eine der Stichstraßen zum Triumphbogen, die Avenue, die hinunterführt zum Bois de Boulogne. Es ist ein schönes altes Haus, die oberen Etagen gehören einer alten Dame, die dort wohnt wie in einem Schloss. Darunter ist eine Etage mit Büros, die mein Vater angemietet hat.«

»Wo wohnst du?«

»Nicht weit davon entfernt auf der Avenue Marceau. Es ist ein genauso altes Haus, meine Eltern haben die Wohnung für meine Freundin und mich gekauft, damals, als ich Agnès noch gar nicht kannte. In weiser Voraussicht, wie meine Mutter immer sagt. Da würde ich jetzt wohnen, mit meiner Frau und unseren Kindern.«

»Wäre das so schlimm?«

»Es wäre nicht, was das hier ist.«

»Wahnsinnig sexy?«

»Wahnsinnig liebevoll.«

»Was machst du, wenn du dich allein fühlst? Machst du Online-Dating?«

Er zog die linke Augenbraue hoch, als habe er die Frage nicht verstanden.

»Nein, ich meine es ernst. Du siehst so gut aus, du bist jung, du hast Bedürfnisse. Ich kann mir nicht vorstellen, wie das ist, in so einer großen Stadt allein zu sein.«

»Du hast in Paris gelebt.«

»Ich war wirklich nie allein. Ich habe studiert, ich habe …«

Sie brach ab, weil sie schon wieder lachen musste. Sie wollte ihn nicht provozieren, es war einfach die Art, wie sie die Dinge erzählte. Er stimmte in ihr Lachen ein.

»Ich arbeite wahnsinnig viel. Ich glaube, das ist die Antwort von allen in Paris, die in meinem Alter und Single sind. Aber es stimmt. Ich will es ihm beweisen. Meinem Vater, meine ich. Und deshalb arbeite ich achtzig Stunden, in drei verschiedenen Städten gleichzeitig, immer da, wo es Insolvenzen gibt. Und wenn ich nicht im Büro oder auf Reisen bin, dann gehe ich ins Restaurant. Oder ins Kino.«

»Allein?«

»Ich liebe es, im Kino allein zu sein.«

»Warum das denn?«

»Weil ich es dann … richtig auskosten kann. Ich muss danach nicht über den Film reden, keine leeren Worte für Kunst finden, das ödet mich so an.«

Sie schien über seine Worte nachzudenken, nach einer Weile nickte sie.

»Das verstehe ich. Ich teile es nicht, weil es bei mir anders ist, aber ich kann es mir vorstellen.«

»Was tust du? Zwei Kinder, ein Mann, ein Haus auf dem Dorf – wie lebst du?«

Sie betrachtete das Panorama, das sich ihnen bot, die kleine Gasse mit all den Geschäften und den vielen Menschen, das Stimmengewirr, den Blick über die Backsteinmauer herunter aufs Wasser, den tiefblauen Himmel darüber. Meer und Himmel, Azur ohne Ende.

Er überlegte, wie sie wohl auf andere wirkten, wie sie da saßen an ihrem Cafétisch, der mit einer rot-weißen Tischdecke bedeckt war und auf dem das Frühstücksgeschirr stand. Maurice kam nicht umhin, sich vorzustellen, dass sie wie ein glückliches Paar aussehen mussten. Sie hielt seine Hand. Ein sehr glückliches Paar, korrigierte er seinen eigenen Gedanken.

»Es ist ein Leben voller Termine. Er ist nicht da, mein Mann, meine ich. Das werfe ich ihm nicht vor, ich wusste es vorher, es war immer so. Meine Schwiegermutter hilft mir mit den Kindern, wenn Serge sie lässt. Sie muss auch viel in seiner Firma arbeiten: Sie verkauft vormittags Austern am Hafen. Aurélia, meine Tochter, die Ältere, hat an drei Nachmittagen Hobbys: Klavierunterricht in Saint-Malo, Reiten in Dol-de-Bretagne, Schwimmen in Saint-Méloir, da fahre ich sie überall hin. Davide spielt Fußball, immer donnerstags und samstags. Ich arbeite in dem Hotel, das habe ich mir hart erkämpft. Ich konnte nicht zu Hause sitzen, ich konnte es nicht. Jean hat es nicht verstanden. Er verdient viel Geld mit seiner Praxis und als Aufsichtsrat der Organisation, für die er arbeitet. Weißt du, das ist noch so etwas mit dir. Du bist wohlhabend, ich spüre es bis ins kleinste Detail, ich sehe deine alte Uhr, ich merke, wie du mit Geld umgehst, ich ahne, wie erfolgreich du bist. Aber du bist dabei so bei dir, als sei das Geld nur da, damit du ein schönes Leben hast. Du bist großzügig, nicht großkotzig. Das gefällt mir, es gefällt mir sogar wahnsinnig gut. Weißt du, auch er, mein Mann, nein, er ist nicht großkotzig, aber es muss alles seinen Stand haben, damit zu uns aufgesehen wird. Wir haben ein großes Haus neben seinem Elternhaus, es liegt ganz oben in Cancale, der Blick fällt direkt aufs Meer. Es ist ein luxuriöses Leben, ein schönes Leben, aber es ist auch ein goldener Käfig. Wenn er nach Hause kommt, aus Afrika, alle vier Wochen für eine Woche, dann ist er erschöpft, und alles dreht sich um ihn, alles muss sich um ihn drehen. Er hat dann viel zu erzählen, und die Kinder stressen ihn. Dabei haben sie ihn so vermisst. Es tut mir mehr weh, wenn er da ist, muss ich dir ganz ehrlich sagen, auch wenn ich ihn vermisse, wenn er nicht da ist. Aber dann ist alles gut organisiert und im Fluss. Wenn er da ist, ist es, als würde ich für eine Woche aufhören zu atmen.«

»Wann kommt er das nächste Mal zurück?«

»In anderthalb Wochen.«

»Liebst du ihn?« Die Frage kam unvermittelt, aber es war zu spät.

»Hast du Agnès geliebt?« Sie trank einen Schluck Café. Sie spürten beide, dass sich ihr Ton verändert hatte, und Dominique sah aus, als würde es sie ärgern. Dann nahm sie seine Hand wieder.

»Verzeih, Liebster, ich war darauf nicht vorbereitet. Auf diese Frage, meine ich. Und ich bin meistens auf alles vorbereitet, deshalb hast du mich gerade erwischt. Ja, ich liebe ihn, wie eine Erinnerung, ein Déjà-vu. Ich bin keine Frau, die in einem gemeinsamen Leben bleibt, wenn sie nichts mehr fühlt. Aber es ist mit ihm wie mit einem Geist. Er imponiert mir und schenkt mir Aufmerksamkeit, auch wenn die sich am Ende wieder um ihn dreht. Ich habe dir schon versucht, das zu erklären.«

Sie wischte imaginäre Krümel von der Decke.

»Lass uns hinaufgehen, diese halbe Stunde habe ich noch.«

Er sah auf seine Uhr. Es war kurz nach elf. Unglaublich. Der Vormittag war fast vorbei, und sie waren immer noch zusammen.

»Entschuldige mich.« Er holte sein Telefon heraus. Er hatte vier unbeantwortete Anrufe. Sein Büro. Sein Vater. Zweimal Madame Le Goff. *Merde.* Er schaltete das Handy aus.

Sie bezahlten und stiegen die kleine Gasse hinauf, die schnell immer steiler wurde. Hand in Hand liefen sie den schmaler werdenden Weg empor. Dominique musste oft hier oben sein, ständig zeigte sie auf Dinge, erklärte ihm Details, wies ihn auf scheinbare Nebensächlichkeiten hin. Es war, als würden sie gemeinsam versinken in der Geschichte, als würde er versinken in ihrer sanften Stimme, die so forsch und gleichzeitig schmeichelnd war. Immer wieder blickten sie hinab auf die Bucht, der Ausblick von dieser Insel übers weite Land, übers Meer.

Ganz oben standen sie eine Weile. Er hatte das alles nicht geplant, er hatte es nicht einmal gewollt. Und doch war es vor diesem majestätischen Ausblick so, als sei es nicht aufzuhalten.

»Was wird das mit uns?«

Er spürte, wie sie ihn von der Seite aus ansah, wie sie versuchte, in seinem Gesicht zu lesen.

»Ich meine, mir ist so etwas noch nie passiert«, fügte er erklärend hinzu. »Ich will nicht, dass es aufhört, auch wenn es alles noch so unwahrscheinlich ist. Deshalb frage ich das.«

Sie griff nach seiner Hand, stumm und sanft. Sie standen lange da, der Wind pfiff ihnen über die Gesichter, ihre Haare waren nach Minuten ganz zerzaust. Sie sagte nichts, kein Wort, die ganze Zeit. Er wartete, doch sie blieb stumm, sein Bauch verkrampfte sich, er spürte regelrecht, wie weh es tat.

Sie drehte sich zu ihm, sodass er nicht anders konnte und sie in seine Arme schloss. Als wolle er die Antwort verhindern, aus Angst, sie könnte ihm nicht gefallen. Ihre Haut an den Armen in der dünnen Bluse war ganz kalt. Sie küsste ihn mit offenen Augen. Zwei Sekunden Innigkeit, dann ließ sie ihn wieder los.

»Ich kann im Moment nichts dazu sagen.«

Sie blickte ihn an, als wisse sie auch nicht weiter. Die Nacht war vorbei, all das Planlose, das Sichtreibenlassen. Schwand ihr Mut?

»Ich werde ein Taxi nehmen, unten an der Brücke. Wartest du bitte noch eine halbe Stunde? Ich möchte nicht zeitgleich mit dir in Cancale ankommen.«

Sie küssten sich zum Abschied, er hielt sie lange fest, und sie ließ es zu. Anschließend ging sie aufs Zimmer und holte ihre Sachen. Als er zwanzig Minuten nach ihr dort war, deprimierte ihn der Anblick des verlassenen Betts, es wirkte trostlos, er konnte fast nicht mehr vor sich sehen, wie es in der Nacht gewesen war. Doch dann fand er ein Haar, auf dem Hocker, auf dem sie in der Nacht gesessen hatte. Er hielt es gegen das Licht, dann roch er daran, und die Nacht war wieder ganz präsent.

Später ging er langsam den Berg hinab, sein Koffer machte klappernde Geräusche auf dem alten Pflaster und der hölzernen Brücke. Die Taxifahrerin sagte kein Wort, den ganzen Weg über bis nach Cancale. Sie waren manchmal auch schweigsam, die Bretonen. Heute liebte er sie dafür.

Sein Bart juckte, und er musste sich kratzen. Es war schon späte Mittagsstunde, als er im Dorf ankam. Auf dem Platz vor der Kirche war Markttag. Er zahlte und stieg aus, ein kleiner Spaziergang zur Fabrik würde ihm guttun. Immer noch hatte er keinen der Menschen zurückgerufen, die ihm Nachrichten hinterlassen hatten, er hatte die Mailbox nicht mal abgehört.

Es war eine Zeit, in der auf dem Markt nicht viel los war: Die Hausfrauen waren schon ganz früh gekommen und hatten ihre Einkäufe fürs Diner erledigt, die Touristen saßen noch in den Restaurants unten am Hafen. So streifte er mit wenigen anderen Kunden durch die Gänge. Die Händler boten ihm immer wieder ihre Produkte an, er probierte hier eine Erdbeere und dort ein Stück Käse, trank einen Schluck Cidre aus der Normandie und betrachtete die wunderbaren Fische, die ein Händler aus Saint-Malo auf Eis ausgelegt hatte; die roten Meerbarben, die weißen Petersfische, die kleinen Sardinen. Maurice bekam Hunger, das Frühstück war schon eine Weile her. Also ließ er sich genau neben dem Markt in einem Bistro nieder, er wollte den Blick auf das bunte Treiben behalten, die Bodenständigkeit, die Ehrlichkeit der alten Marktleute weiter mitverfolgen. Er bestellte ein kleines Glas Weißwein und eine Fischsuppe, beides kam schnell, er rührte den Käse und die Knoblauchmayonnaise, die *Rouille*, in die Suppe, gab die krossen Brotstücke dazu, und dann aß er diese Essenz des

Meeres, diese rote cremige Suppe. Der Käse zog lange Fäden, es war eine fabelhafte und deftige Speise, die ihm die Einsamkeit nahm. Alles würde gut werden, dachte er sich, der Wein tat sein Übriges und belebte ihn.

Den Fußweg hinunter zum Hafen legte er in guter Stimmung zurück. Er ging beschwingt und zog seinen Koffer hinter sich her. An den Austernbecken war wieder Ebbe, und er erkannte Serge Vial schon von Weitem. Er machte sich im Watt an seinem Traktor zu schaffen. Der alte Austernzüchter sah auf und schien ihn zu erkennen. Er stellte sich aufrecht, stemmte beide Arme in die Hüften, doch er machte kein Zeichen des Grußes, er starrte einfach nur zu ihm hinauf. Maurice konnte seinen Blick nicht wirklich erkennen, er war einfach zu weit weg.

Er schüttelte die Gedanken an die kurze Begegnung ab und betrat die Fabrik durch die hölzerne Tür, drinnen war wieder ein großer Lärm. Alle waren beschäftigt, die Maschinen liefen, es wirkte wie ein äußerst produktiver Ort. Als die Arbeiter ihn erkannten, sahen alle auf, betrachteten ihn. Er nahm schnell die Treppe, er wollte aus ihrem Sichtfeld verschwinden. Madame Le Goffs Tür war verschlossen. Auf seinem Schreibtisch lag ein Zettel:

Monsieur Vial hat viermal angerufen. Warum rufen Sie ihn nicht zurück? Es geht um unsere Zukunft, ich verstehe es einfach nicht, Maître. Ich bin Mittag essen. Gruß.

Maurice sah auf die Uhr, packte seinen Laptop ein und rief sich ein Taxi. Minuten später flogen die letzten Häuser des Dorfes an ihm vorbei. In jedem Gesicht, in jeder Passantin meinte er, Dominique zu erkennen. Doch sie war es nicht, kein einziges Mal. Er betrachtete die Villen oben auf dem Felsen. Welche davon gehörte wohl den Vials?

»Excusez-moi, Monsieur? Wir sind da, achtzehn Euro, Monsieur.«

Er musste auf dem Rücksitz eingenickt sein, die letzte Nacht war zu unruhig gewesen, der Taxifahrer hatte sich umgedreht und hielt die Hand auf, verschlafen kramte Maurice nach dem Geld, gab es ihm, dann stieg er aus. Er ging zu seinem Gleis, für die Züge nach Rennes musste man die Bahnschienen nicht überqueren. In der Ferne hörte er die Signale des Zuges. Dann sah er vor dem Bahnhof noch einen Wagen halten.

»Maurice!«

Sie kam angerannt, die Haare flatterten im Wind, dann warf sie sich ihm in die Arme. Sie drehten sich, er umschlang sie, sie aber machte sich los und hielt ihn ein Stück von sich weg.

»Verzeih, Liebster, ich konnte es vorhin nicht sagen, aber ich habe mich so über mich selbst geärgert, deshalb bin ich hier. Ich will auch nicht, dass es aufhört, das mit uns. Ganz und gar nicht. Und ich liebe dich. Lass uns nächste Woche einen Ausflug machen, es ist die Woche, bevor Jean-Jacques wiederkommt. Lass uns wegfahren, weiter weg, ich suche etwas aus und gebe die Kinder zu einer Freundin. Hol mich ab, so früh du kannst, damit wir viel Zeit haben, ja, Liebster? Versprichst du es?«

Er umarmte sie, diesmal ließ sie es zu, er küsste sie, und sie küsste ihn, hier, mitten auf dem Bahnsteig.

»Wir sehen uns Mittwoch, ja, Liebster? Mittwoch, nächsten Mittwoch. Sei nicht besorgt, zweifle nicht, ich bitte dich.«

Das Letzte, was er sah, als er aus dem Bahnsteig ausfuhr, waren ihre roten Haare, ihr Lachen, ihr Blick, die Augen sehnsuchtsvoll.

»Nächsten Mittwoch. Versprochen.«

XVII

Die Tür wurde aufgerissen, viel hektischer, als es Cynthias Art war. Doch es war nicht Cynthia, doch, irgendwie schon, aber anders als sonst: Seine Assistentin lief hinter einer sehr aufgebrachten Frau her, die wie eine Furie in das Büro gestürmt kam. Reflexartig sah Maurice auf die Uhr. 12.30 Uhr.

Dann betrachtete er die weit aufgerissenen Augen von Madame Le Goff, die in einem gediegenen Kostüm und mit etwas wirren Haaren vor seinem Schreibtisch stehen blieb, die Wangen rot, nervös von einem Fuß auf den anderen tretend.

»Unerhört, Sie haben keinen Termin, Madame.«

»Ich brauche keinen Termin, der Maître muss mich anhören.«

Sie verschränkte die Arme vor der Brust, als plane sie, sich nie mehr von hier wegzubewegen.

»Ist schon gut, danke, Cynthia.«

Madame Le Goff sah der jungen Frau nach, die kopfschüttelnd das Büro verließ.

Maurice stand auf, plötzlich nervös, weil er mit ihr allein war und nicht wirklich wissen wollte, was passiert war. Es war Montag, sie musste den ersten Zug genommen haben, um zu ihm nach Paris zu kommen. Eine Reise in die ferne, ungeliebte Hauptstadt.

»Madame Le Goff, bitte nehmen Sie Platz. Möchten Sie etwas trinken?«

»Danke, Monsieur, ich stehe lieber.«

Ihre Stimme klang ganz anders als in ihrem Büro in der Bretagne. Sie zitterte ein wenig, als verlange ihr die große Kanzlei mit den bodentiefen Fenstern Respekt ab, gleichzeitig war sie erstaunlich kühl und abweisend.

»Ich weiß, es ist unerhört, dass ich Sie hier so überfalle, ich habe das ganze Wochenende mit mir gerungen. Aber es musste sein, und es ist auch unerhört von Ihnen, dass Sie mir diesen Weg zumuten, ehrlich gesagt. Ich muss mit Ihnen reden, Monsieur van der Berge. Ich muss verstehen, was genau Sie vorhaben. Ich muss Ihren ... wie soll ich es sagen ... Amoklauf verstehen.«

»Was meinen Sie ...«

»Am Anfang waren Sie so engagiert. Sie haben uns alle überrascht mit Ihrer Klarheit und Ihrer Arbeitswut, Sie waren organisiert und durchgetaktet – so etwas kennen wir gar nicht in der Bretagne. Ich habe mit den Kollegen gesprochen. Natürlich misstrauten sie Ihnen noch. Sie sind ein Pariser. Und doch waren wir uns alle sicher: Wenn es jemand schaffen kann, diesen Laden zu retten, dann sind Sie es. Ich meine: Sie haben sogar neue Aufträge an Land gezogen, in diesen Zeiten, das hat ewig niemand mehr geschafft.«

Nun setzte sie sich doch, sie ließ sich förmlich in den Stuhl fallen, als hätte sie ihr Monolog erschöpft. Ihre Handtasche hielt sie auf dem Schoß fest in beiden Händen.

»Und dann, aus mir bisher unerklärlichen Gründen, haben Sie einfach aufgehört. Sie wurden von Woche zu Woche – wie soll ich es sagen? – bretonischer. Sie haben nicht mehr auf Anrufe reagiert, haben die Kunden nicht zurückgerufen, haben nicht mehr mit den Arbeitern gesprochen. Die Tage, die Sie bei uns waren, hätten Sie genauso gut auf einem anderen Planeten sein können. Ich bin gar nicht mehr zu Ihnen durchgedrungen. Sie haben Löcher in die Luft gestarrt – und wenn ich Sie auf der Straße gesehen habe, dann schwebten Sie. Was das für die Zahlen bedeutet, habe ich erst letzte Woche durchschaut. Wir sind pleite. Wir können Mitte August keine Löhne mehr auszahlen. Noch kann ich das geheim halten, aber es wird nicht mehr lange gut gehen. Die Menschen warten auf ihr Geld.«

»Madame Le Goff, ich bitte Sie, ich habe das Problem doch schon erkannt. Es ist richtig, ich war etwas durch den Wind, und ich bitte Sie, mir etwas Geduld ...«

»Es braut sich etwas zusammen, Monsieur. Ich komme doch nicht hierher, weil ich so große Lust dazu habe. Vielmehr schwant mir etwas, eine echte Gefahr, etwas Bedrohliches.«

Er hatte Madame Le Goff von Anfang an für eine große Dramatikerin gehalten, sie liebte den großen Auftritt, den Klatsch, die große Bühne, die sie aus ihrem kleinen Büro machte. Und doch hörte er ihr in diesem Moment ganz genau zu.

»Ich habe gerade gesagt, ich hätte es bisher nicht verstanden, was Sie geritten hat, Monsieur, wenn ich das so ausdrücken darf. Aber nun ahne ich es, und das ist nicht gut. Denn wenn ich es weiß, dann weiß es das ganze Dorf.«

»Was denn, Madame? Was sollen diese Andeutungen?«

Er wurde ungehalten.

»Sie wurden gesehen. Mehrere Leute haben Sie am Bahnhof gesehen. Wie können Sie nur, Monsieur? In trauter Umarmung, das ist der Ausdruck, den meine Friseurin benutzt hat. *In trauter Umarmung.*«

Er fragte nicht, wen Madame Le Goffs Friseurin gesehen haben wollte. Sie beugte sich verschwörerisch über den Schreibtisch.

»Hören Sie, Maître: Serge Vial ist ein mächtiger Mann. Er wird davon gehört haben – und er wird das nicht gutheißen, ganz im Gegenteil. Ich glaube, dass ihm das eheliche Wohl seines Sohnes nicht ganz so wichtig ist wie sein Geschäft. Aber ihm liegt sehr wohl etwas an der Ehre seiner Familie. Und dass Sie ein Pariser sind, ein Fremder, das gefällt ihm ganz und gar nicht. Ein Pariser, der ihm auch noch die Stirn geboten hat und auf dessen Ideen er eingegangen ist. Und dann kommt ausgerechnet dieser Pariser daher und … ich kann es gar nicht aussprechen.«

Sie stöhnte und schloss die Augen, ihre Hand hatte sie an die Stirn gelegt.

»Ich warne Sie, Monsieur: Hören Sie auf damit. Wenn es nicht schon längst zu spät ist.«

Mercredi, 7 août
Die kleine Flucht

XVIII

»Lassen Sie mich hier raus, bitte.«

Er warf die zwanzig Euro auf den Vordersitz, sprang aus dem Auto und wetzte über den Boulevard Montparnasse.

Der Schwall der Morgenpendler kam ihm entgegen und teilte sich vor ihm.

Warum hatte er verschlafen? Ausgerechnet heute. Gut, eigentlich war es keine Frage. Er war schlichtweg todmüde gewesen, weil er die ganze Nacht wach gelegen hatte. Erst als der Morgen dämmerte, war er in einen leichten Schlaf gefallen, mit wilden Träumen, schweißgebadet. Kurz bevor er eigentlich aufstehen musste, hatte er die Tiefschlafphase erreicht.

Seit Donnerstagnacht war es so gewesen: Er hatte schlecht geschlafen, kaum gegessen, er war fiebrig, stand ständig unter Strom, war gleichzeitig aber todmüde. Es war ihm, als empfinde er jedes Gefühl mindestens doppelt so stark wie sonst, dafür konnte er sich in seinem Alltag nicht normal bewegen. Er war jeden Tag frühestens am Mittag im Büro, hatte sich dort aber auf nichts konzentrieren können. Abends hatte er versucht, fernzusehen, zu lesen, Akten durchzugehen. Er war in Gedanken immer wieder abgeschweift, zu der Frau in dem Bett auf dem Berg, zu ihren Worten auf dem Bahnsteig. Er hatte eine Nachricht an sie verfasst, zigmal hatte er sie neu formuliert und sie doch nicht abgeschickt.

Agnès hatte immer sofort geantwortet, das hatte er an ihr geschätzt, diese absolute Verlässlichkeit. Doch in ihren Nachrichten war es um das Abendprogramm gegangen: Kino oder

Restaurant? Feinkostladen an der Ecke oder Stammbistro in Montmarte? Oft ging es darum, dass er sich für irgendetwas entschuldigen sollte, dafür, dass er schon wieder zu spät zum Apéro gekommen war, zum Beispiel. Ein Alltag, der ihn angeödet hatte, ihm aber auch Sicherheit gab, all die Jahre.

Nun stand ihm plötzlich der Sinn nach Liebesschwüren. Dominique war eine Frau, die sich nicht vor großen Worten fürchtete. Doch all die Worte, die er fand, kamen ihm klein vor.

Warum waren andere so selbstsicher? Er aber, der nach außen eine glänzende Fassade aufgebaut hatte – Erfolg, gute Familie, gehobener Wohlstand –, spürte eine innere Leere und Verunsicherung. Seit Madame Le Goff in seinem Büro gewesen war, hatte sich alles nur verschlimmert. Aus Unwohlsein war nackte Panik geworden. Zwei Nächte Schlaflosigkeit.

Ein Kofferwagen fuhr einmal quer über den Bahnsteig und ließ ihn abbremsen. Verdammt. Er nahm das Tempo wieder auf, doch er sah das Unheil schon, Gleis 2, richtig, da setzte sich der TGV gerade in Bewegung, und als Maurice am Gleis ankam, sah er nur noch die roten Rücklichter aus dem Bahnhof ausfahren.

»Ohne Reservierung? Nein, da hab ich nichts.«

Der Mann im Mietwagenbüro sah nicht einmal zu Maurice auf.

»Schauen Sie bitte noch mal unter meiner Kundennummer nach. Maître van der Berge.«

Die Miene des Mannes änderte sich. Er tippte hektisch im Computer.

»Oh, verzeihen Sie, Maître. Natürlich, wir haben da noch mehrere Optionen. Was darf es denn sein?«

»Haben Sie ein Cabrio?«

»Wissen Sie, es ist ja Urlaubszeit, das ist eigentlich unmöglich, selbst für Sie, aber ich schaue mal ... ah, hier, ein Rückläufer, na, sehen Sie mal! Darf ich Ihnen diesen Wagen anbieten? Ich gebe Ihnen ein kostenloses Upgrade. Geben Sie den Wagen hier zurück?«

»Ich weiß noch nicht, vielleicht auch in Rennes.«

»Sehr gut, Monsieur van der Berge, rufen Sie einfach vorher an, damit wir Bescheid wissen. Hier ist der Schlüssel.«

Minuten später lenkte Maurice den Wagen aus der Tiefgarage des Bahnhofs. Er hielt in einer Parkbucht und drückte den Knopf, der das Verdeck lautlos anhob und im Kofferraum des Wagens verschwinden ließ. Dann griff er zu seinem Handy und schrieb eine neue Nachricht. Diesmal schickte er sie ab. Dreihundert Kilometer weiter westlich würde nun ein Handy piepen oder leise vibrieren. Sie würde seine Worte lesen.

Guten Morgen, Liebste. Ich habe den Zug verpasst und bin mit dem Wagen auf dem Weg zu dir. Ich erwarte dich um 13 Uhr an der Ortsausfahrt von Cancale nach Saint-Méloir, am letzten Haus auf der rechten Seite. Gib mir bitte ein Zeichen, ob du das schaffst. Küsse, M.

Er nahm den Périphérique nur ein kleines Stück, fuhr am Flughafen Orly vorbei, passierte mit Missfallen Evry und die südlichen Vororte und nahm dann die A10, die ihn in Richtung Westen führte. An der Mautstelle von Saint-Arnoult hielt er und fuhr das Verdeck nach einem Blick auf die Uhr wieder hoch. Er prüfte, ob sein Handy lautlos war. War es nicht. Sie hatte noch nicht geantwortet. Die nächsten Stunden vergingen wie im Fluge, Chartres, Le Mans, Laval rasten vorbei, Straßenschilder, Wegweiser. Ab und zu ein Blick aufs Telefon. Keine Antwort.

Im Radio lief *France Culture*, aber er nahm das Geplauder gar nicht wahr, nur bei den klassischen Musikstücken drehte er lauter, ließ die Musik Ordnung bringen in seine Welt, die ihm so durcheinander erschien. Seine Welt, für deren Ordnung er immer alles getan hatte. Dominique hatte sie durcheinandergebracht.

Hinter Laval verließ er die Autobahn und fuhr gen Norden, mit jedem Kilometerschild spürte er seinen zunehmenden Eifer. Die Sonne, die in der Tiefebene bei Le Mans verschwunden war, schob sich nun wieder durch die Gewitterwolken. Er drehte das Radio lauter.

Maurice ließ Dol-de-Bretagne links liegen, am Rande der Nationalstraße 176 hielt er auf einem kleinen Parkplatz. Er griff zu seinem Handy. Dort war die Nachricht, er hatte den Ton bei dem lauten Radio nicht gehört. Er las ihre Worte von vor einer halben Stunde und atmete lachend auf.

Bis gleich, Liebster. Kann es kaum erwarten. Deine D.

Er sah auf die Uhr, zwanzig vor eins, es würde genau aufgehen. Als er neben der Straße zum ersten Mal das Meer auftauchen sah, jauchzte er auf, es war, als würde er es zum ersten Mal sehen. Die Sonne glitzerte auf den Wellen, es musste vor den Azoren einen drastischen Wetterwechsel gegeben haben, sie waren viel höher als sonst.

Wo würde sie mit ihm hinfahren? Ans Meer? In eine Stadt? Er hatte die Karte abgesucht, aber er war nicht darauf gekommen, was es sein könnte. Maurice war aufgeregt. Er würde erst wieder ruhig werden, wenn er mit ihr schlafen könnte, das spürte er ganz deutlich. Wie konnte sie immer die Ruhe, die Gleichmut, diese starke Liebe behalten, selbst wenn sie sich so lange nicht sahen? Er vermochte es einen Tag, vielleicht zwei, dann brachen die Zweifel in ihm hervor, erst klein, dann immer stärker, bis sie schließlich ganz von ihm Besitz ergriffen wie ein unbarmherziger Dämon.

Château Richeux zu seiner Rechten. Er schob die Gedanken weg. Hier hatte alles begonnen. Wie gern wäre er mit ihr jetzt in diesem sonnendurchfluteten Zimmer mit Blick auf den

Hafen von Cancale. Wie gern. Ganz in der Nähe ihres Lebens. Ihres richtigen Lebens. Die Gedanken ließen ihn nicht los, die Eifersucht, auf den, der ihr Bett teilen durfte, jede Nacht, außer am Mittwoch …

Er bog in die kleine Straße ein, die ihn zum Treffpunkt führte. Er blickte auf die Uhr und spürte, wie sein Fuß immer wieder für ihn abbremste. Tief durchatmen. Atmen. Er sah sie schon von weitem. Sie stand an einen Straßenpfeiler gelehnt und blickte aufs Meer. Sie sah ihn nicht kommen, es war, als würde sie überhaupt nicht warten. Sie trug leichte Ballerinas in Orange, ein Signal, dazu ein Kleid, ein Sommerkleid aus cremefarbenem fließendem Stoff. Sie musste das Motorengeräusch gehört haben, denn jetzt wandte sie sich zur Straße. Ihr Lächeln, so bekannt und doch immer neu, sie strahlte ihn an.

Maurice bremste, einen einzigen Moment nur, sie stieg ein, dann beschleunigte er wieder, als sei das hier ein Roadmovie. Bonnie und Clyde, nur ohne Verbrechen, nun gut, Ehebruch war eines, zumindest vor dem überirdischen Gesetz.

»Hey, Liebster.«

Sie klang so freudig und locker, als habe sie sich mit einer Freundin zum Café verabredet.

»Fahr erst mal ein Stück, dann will ich dich küssen.«

Er trat aufs Gaspedal, sie fuhren durchs Dorf, ihm fiel es jetzt erst auf, verdammt, er hatte das Verdeck nicht geschlossen, er hatte es schlicht vergessen. Dabei wollte er keine Entdeckung riskieren, für sie, für ihr Seelenheil, für Madame Le Goff. Aber Dominique ließ es geschehen, sie wirkte überhaupt nicht beunruhigt. Maurice überlegte, ob er es vielleicht gar nicht vergessen hatte, ob es vielleicht eher sein Unterbewusstsein war, der Kitzel, ob er wollte, dass sie ihn sahen mit dieser Frau.

»Wir fahren in Richtung Saint-Malo, über die Brücke des Gezeitenkraftwerks und dann südlich auf die Schnellstraße in Richtung Saint-Brieuc und Morlaix.«

Sie drehte die Musik im Auto lauter und lehnte sich zurück, ihre kleine Reisetasche hatte sie auf den Rücksitz geworfen. Nun legte sie in einer eleganten Bewegung ihre braun gebrannten Beine auf das Armaturenbrett, streckte die Füße lang und grinste. Er war abgelenkt.

»Sieh nach vorne, ich will dich lebendig haben, wenn wir ankommen.«

Er wandte sofort den Blick auf die Straße und fuhr konzentriert an Saint-Malo vorbei. Erst kurz vor dem Kraftwerk sprach sie wieder.

»Dort vorne, halt dort an.«

Maurice bremste und rumpelte den Wagen auf eine kleine Einbuchtung, kurz vor der steinernen Brücke, die die Mündung der Rance überquerte.

»Sicher weißt du es«, sagte er erklärend und fragte sich gleichzeitig, warum, »das ist das einzige Kraftwerk Europas, welches Strom aus der Wasserbewegung der Gezeiten produziert, es ist ein wahres Wunderwerk.«

»Sei still.«

Sie lachte und zog ihn an sich heran, er spürte ihre Kraft, ihren warmen Körper, und dann küsste sie ihn, es brauchte keine Worte in dieser Sekunde.

»Los«, sagte sie nach zwei Minuten und strahlte dabei. »Fahren wir einfach gen Westen! Hier, ich hab Musik mitgebracht. Ich habe seit vorhin, als du mir schriebst, gehofft, dass du uns so ein Auto mit weitem Himmel mitbringst.«

Sie legte eine CD ein, nach einigen Momenten erklang die Stimme von Van Morrison aus den Lautsprechern.

»Übrigens ist es nicht mehr das einzige Gezeitenkraftwerk in Europa, die Briten haben auch gerade eines gebaut.«

Er lenkte den Wagen über die Brücke, erst dann sah er sie an, grinsend saß sie da, sie neckte ihn. Er war wieder beeindruckt von ihrer Finesse, und von ihrem klugen Humor, er liebte sie dafür.

Sie hatte ihre Füße erneut aufs Armaturenbrett gelegt, Van Morrison sang »Days like this«, aus ihrer Tasche hatte Dominique eine Schale mit Walderdbeeren gezaubert, die sie nun in die Mitte zwischen sie stellte und in die sie von da an ab und zu hineingriffen. Die kleinen roten Früchte schmeckten intensiv, er konnte sich nicht erinnern, wann er sich zuletzt bei dem Genuss von Obst gefühlt hatte wie ein kleines Kind, das eine ganz neue Welt entdeckt.

Immer weiter fuhren sie die Schnellstraße entlang ins Landesinnere der Bretagne, die Landschaft war weit und flach, die Böden fruchtbar. Eben wurde das Getreide abgeerntet, die Staubwolken flogen über die Nationalstraße, in der Ferne waren immer wieder braune Kirchtürme und kleine Weiler mit alten Steinhäusern zu sehen. Kurz hinter Saint-Brieuc ergriff sie seine Hand und ließ sie nicht mehr los, bis sie vor Morlaix nach Norden abbogen. Er glaubte, im Fahrtwind schon das Meer zu riechen.

Als sie nach Locquirec kamen, hörte er, wie sie laut durchatmete. Sie nahm die Arme hoch und hielt sie in den Fahrtwind, dann schloss sie die Augen und sang leise mit. *Have I told you lately …*

Später, unten im Dorf, sagte sie: »Es ist so schön hier, du wirst sehen, es ist ganz zauberhaft.«

»Ist es eine Rückkehr?«

»Das ist eine kluge Frage. Ja, es ist eine Rückkehr. Aber nicht in der Weise, dass ich hier einmal Zeit mit einem Liebhaber verbracht habe und nun die alte Geschichte mit neuen Gefühlen wieder aufwärme. Das ist der Ort, an den ich mich zurückziehe, wenn ich allein sein will. In der ersten Schwangerschaft war ich zwei ganze Wochen allein hier und dann noch mal, als meine Kinder größer waren. Da habe ich mir ein paar Tage Auszeit gegönnt. Seitdem ist es ein festes Ritual, eine Woche, ein-, zweimal im Jahr. Ich war noch nie mit jemandem hier, immer nur allein.«

Maurice betrachtete die Umgebung. Locquirec war zauberhaft. Ein kleiner Ort auf einem Plateau über dem Meer, alte bretonische Feldsteinhäuser neben weißen Seevillen, in den Vorgärten blühten die Hortensien. Durch die erhöhte Lage hatte beinahe jedes Haus einen unverbauten Blick über die Bucht. Unten im Dorf gab es eine kleine Promenade genau am Hafen, draußen auf dem Wasser schaukelten Motorboote und einige Fischerkähne. Sie lotste ihn durch die engen Gassen und gab genaue Anweisungen.

Hinter der alten Kirche mit bunten Glasfenstern befand sich die Einfahrt zum Hotel, eine hohe Mauer verbot den Blick, sie fuhren durch ein weißes Holzportal. *Grand Hôtel des Bains* stand auf blauen Lettern an der Mauer.

Das Erste, was Maurice sah, waren die Tische und Stühle, die im Schatten einer Platanenallee standen. Hier wollte er zu Abend essen, er wusste es sofort.

Dahinter befand sich das Hotel selbst, ein weißer Bau mit drei Etagen, die breiten Fenster der oberen Zimmer mussten einen hypnotisierenden Blick aufs Meer bieten.

»Was für ein Ort. Danke, dass du mir das zeigst. Das ist wirklich …«

»Ist es nicht schön, Liebster? Ich habe mir so gewünscht, dass es dir gefällt.«

An der Rezeption begrüßten sie Dominique wie eine alte Bekannte.

»Zimmer zweiunddreißig haben wir vorbereitet, wie immer, Madame. Wie schön, Sie hier wiederzusehen. Und Monsieur ist dieses Mal mit dabei?«

»Ja, das ist er.«

Sie drückte seine Hand fester. Minuten später lagen sie nackt auf dem Bett. Er hielt sie im Arm, sie schmiegte ihren Oberkörper an seinen, er spürte ihre Brüste, streichelte ihren Rücken, ihren Po.

»Es ist so verrückt, mit dir hier zu liegen«, sagte sie, als ihre

Hand auf seiner Brust ruhte. »Es ist ein sehr intimer Ort für mich, ich habe hier über so vieles nachgedacht. Ich habe mir gewünscht, dass du mir begegnest, auch wenn ich dich gar nicht kannte. Und nun sind wir wirklich zusammen hier, im selben Zimmer, im selben Bett.«

Er richtete sich brüsk auf, schüttelte sie richtiggehend ab, seine Stirn in Falten, und dann sagte er:

»Ich habe nun schon so viele Wochen darüber nachgedacht, und es will mir einfach nicht einfallen. Deshalb frage ich dich jetzt: Was willst du, was will eine Frau, die so lebendig ist und so klar mit ihren Gefühlen, mit einem Mann wie mir, der alles Gefühl irgendwann versteckt hat, unter einer dicken Schicht aus Konventionen? Bitte, sag es mir. Ich komme nicht darauf, und es bringt mich um den Verstand.«

Sie lächelte sanft, als würde sie die Frage gar nicht verstehen. Er wollte sich im selben Moment aufregen, weil er keine Antwort erhalten hatte, doch die Art, wie sie ihm den Finger auf den Mund legte, »psst!« flüsterte, sagte ihm, dass da wirklich etwas war, wofür die Zeit noch nicht reif schien. Eine Stunde später waren sie draußen. Noch stand die Sonne hoch, immer noch war es heiß, für diesen Flecken auf der Erde sogar ungewohnt heiß. Sie gingen ein Stück, bis sich die Kante des Felsens zeigte, eine Treppe war in den Stein gehauen, es waren ungerade kleine Vorsprünge. Wie von Menschenhand bezwungene Natur sah es aus.

Nur ein paar grüne Fransen lagen am Strand, es gab nicht viele Algen in diesem Jahr. Sie ging voraus, wie konnte es anders sein. Schon war sie im Wasser, faltete die Hände über dem Kopf zusammen und sprang. Eine Bewegung nur, und sie tauchte unter. Er sah noch ihre Füße, das Platschen des Wassers, dann war sie verschwunden. Er versuchte, ihr mit seinem Blick zu folgen, doch erst weit draußen tauchte sie wieder auf. Maurice stand bis zu den Unterschenkeln im Wasser, er fröstelte, aber ermahnte sich im selben Augenblick.

Die Flut drückte in die Bucht, er spürte, wie der Rückstrom ihm gegen die Füße fuhr. Dann ließ er sich fallen und tauchte unter. Die Augen hatte er geöffnet, er sah das blaugrüne Meer, die Stille, die sich sofort um ihn legte. Er sah ihre Beine unter Wasser und nahm sich vor, bis zu ihr zu tauchen.

Die Wellen schlugen wild um seinen Kopf herum. Doch unter der Oberfläche war es still. Die Welt blendete sich aus. *Fade to blue.*

Als die Luft knapp wurde und er schließlich wieder auftauchten musste, war sie ganz nah. Sie lachte ihn an, er kam näher, sie umarmte ihn sofort und küsste ihn. Er meinte, ihre Küsse schmeckten hier im ewigen Salz noch intensiver.

»Komm, wir schwimmen hinaus ...«

Er folgte ihr, sie zog ganz ruhig voran, mit festen fließenden Bewegungen. Maurice versuchte, ihr zu folgen, immer wieder drehte sie sich um, dann endlich legte sie sich auf den Rücken und ließ sich treiben, er paddelte neben ihr mit den Füßen. Später lagen beide auf den Felsen, die der Bucht vorgelagert waren. Die Sonne trocknete sie im Nu.

»Ich habe Durst.«

»Ich auch.«

»Es wäre schön, eine Flasche Wein hierzuhaben«, sagte sie. »Ich schmecke die Dinge anders mit dir. Intensiver. Es wird immer stärker. Ich verstehe jetzt, was ich all die Jahre nicht verstanden habe.«

»Was meinst du?«

»Ich sage es dir bald, Liebster. Bald. Vielleicht schon heute Abend. Oder morgen.«

»Was ist es?«

»Du kannst nicht aufhören, oder? Aber gut, ich habe ja auch eine dumme Andeutung gemacht. Trotzdem, ich bitte dich, dränge mich nicht. Lass uns hier liegen bleiben. Noch eine Weile. Und dann schwimmen wir zurück und trinken den Wein, von dem wir träumen.«

»Welche Farbe hat der Wein, von dem du träumst?«

»Sag du es mir, sag mir, was du magst.«

»Er ist rot.«

Sie hob den Kopf und lachte ihn an, dann griff sie nach ihm, zog ihn näher, küsste ihn, nun ganz ungestüm.

»Richtig. Er ist rot. Niemand würde bei diesem Wetter roten Wein trinken. Aber wir. Wir tun das. Roten Wein. So kalt es nur geht. In einem Weinkühler auf Eis. Rotwein, eiskalt. Das ist perfekt.«

Nach Minuten des Lachens lagen sie still nebeneinander. Er spürte, wie ihr Atem gleichmäßiger wurde. Seine Lippen schmeckten nach Salz, immer wieder leckte er darüber, dann schloss er die Augen. Das Sonnenlicht drang nur knapp durch seine Lider, das gleißende Licht ließ ihn noch müder werden. Schon glitt er hinweg in einen betäubten Schlaf.

XIX

Als er erwachte, war die Sonne schon hinter ihm, nah über dem Land, zwei Möwen flogen ein Wettrennen, die Luft roch intensiv nach Jod und Fisch, was ihn ganz hungrig machte. Er sah, wie auch Dominique sich räkelte und schließlich die Augen aufschlug. Sie strich ihr Haar zurück, das immer noch feucht war. Er meinte, die weißen Krusten des Salzes auf ihren Schultern zu sehen. Sie wandte ihm den Kopf zu. Ihre Augen wirkten noch verschlafen, als sie lächelte, ganz sanft, so rein wie am Morgen, aber irgendwie auch wie damals, als er nach einem langen Tag des Surfens am Strand des Atlantiks lag, neben … Er schüttelte den Gedanken ab, obwohl ihm ganz warm wurde im Bauch.

Sie legte ihm die Hand genau dorthin, streichelte ihn, ihr Kopf rückte näher an seinen heran.

»Ich möchte, dass du mit mir schläfst«, flüsterte sie.

»Ja.«

»Hier.«

Er sah sie fragend an, sie nickte.

Sie drehte ihm den Rücken zu, hob ihr Bein an, er hielt es fest, dann glitt er in sie, sie war so erhitzt, wie er es nie vorher gespürt hatte. Er sah nicht zum Ufer, er ahnte, dass sie beobachtet werden könnten, doch sie waren ein gutes Stück vom Hotel entfernt, weit im Meer, es dürfte zu weit sein für die alten Kurgäste, er hoffte es zumindest. Sie atmete in seine Armbeuge.

Die Steine bildeten ihr Bett, und die Wellen bildeten den Rhythmus.

Schließlich, als sie wieder eng nebeneinanderlagen, fragte sie:

»Was hast du auf dem Herzen, Liebster?«

»Wieso?«

»Du atmest so schwer, und dein Blick sagt mir, dass da etwas ist.«

»Madame Le Goff …«

Sie wartete eine Weile, doch er fuhr nicht fort.

»Was ist mit ihr?«

»Sie sagt, wir wurden zusammen gesehen.«

»Wann?«

»Das hat sie mir nicht gesagt.«

»Wann hat sie es dir gesagt?«

»Sie hat mich angerufen. Vorgestern.«

Er hob den Kopf, als wolle er prüfen, ob sie ihm glaubte. Seine erste Lüge. Verdammt. Aber er wollte sie nicht ängstigen. Der Besuch von Madame Le Goff in Paris klang womöglich zu dramatisch. Doch sie wandte sich ab, ihr Blick lag verloren auf dem Horizont. Nach einigen Minuten erst regte sie sich.

»Ich habe gespürt, dass etwas war. Mein Mann hat seine Rückreise vorgezogen, er kommt schon übermorgen an. Das war ungewöhnlich.«

»Warum hast du mir nichts gesagt?«

»Dasselbe könnte ich dich fragen.«

Er wagte es nicht, eine weitere Frage zu stellen, doch sie ließ ihren Kopf in seinem Arm liegen, zehn Minuten lagen sie so.

»Mein Schwiegervater … er ist …«

Sie stand ohne Umschweife auf, als wolle sie durch die Bewegung auch den Gedanken wegwischen.

»Komm, lass es gut sein. Wir genießen den Abend so, wie wir es tun sollten.«

Er stand auf, da sprang sie schon ins Wasser, dass es nur so klatschte, und er tat es ihr sofort nach. Er schrie kurz auf, weil er vergessen hatte, wie kalt es war. Sofort war sein ganzer Körper in Alarmstellung. Die Temperatur des Wassers hatte seine Sinne geschärft. Er sah Dominique voranziehen und folgte ihr, er kraulte hinter ihr her, bis er sie eingeholt hatte.

»Na endlich, ich schwimme schon im Sparbetrieb.«

»Ein Rennen?«

»Na klar. Eins, zwei, los …«

Wieder hatte sie es getan, mit einer simplen Idee, einem Spiel, einer kindlichen Freude hatte sie seine Sorgen weggefegt. Sie beschleunigte, wechselte in den Delphin, welcher ihm nicht lag. Also kraulte er, doch sie war zu schnell, sie schwamm ihm davon. Maurice bemühte sich mitzuhalten, aber er war zu langsam. Sie sah sich mehrfach um, ihr Lachen war seine Motivation. Kurz vor dem Strand bremste sie ab, er holte auf, dann griff sie nach ihm, umarmte ihn, küsste ihn.

»Ich liebe dich.«

Sie hielten sich eng umschlungen, er streichelte sie überall, während sie ihren Kopf an seine Schulter lehnte. Er roch sie, ihr Duft war selbst jetzt so präsent, nach all der Zeit im Wasser.

Als sie an Land gingen, saßen die anderen Gäste schon auf der Terrasse, die Gläser vor sich, die die blaue Stunde anzeigten, *l'heure du Apéro*. Sie nahm ihn bei der Hand, obwohl alle hinsahen, zusammen gingen sie auf das Zimmer. Sie duschten zusammen, dann zog er sich an, während sie noch im Bad blieb. Er sah hinein, doch sie war noch nicht so weit.

»Geh schon vor, ich komme gleich.« Und dann fügte sie hinzu: »Dein Bart, ich finde ihn so toll.«

Maurice ging nach unten, er hatte Stolz in der Brust, er trug ein dunkelblaues Sakko mit einem weißen Hemd, wie immer, wenn es ein wichtiger Abend war. Dennoch konnte er sich nicht erinnern, wann er sich zum letzten Mal gefühlt hatte wie heute. Doch, er wusste es: noch nie.

Er nahm an dem Tisch Platz, den ihm der alte Kellner mit der weißen Fliege zugewiesen hatte, es war der beste Tisch, natürlich, denn es war der Tisch von Madame Vial. Er stand genau am Rand der Felsenmauer, von wo aus er einen Blick hinunter auf den Strand hatte, an dem sie vor einer Stunde aus dem Wasser gestiegen waren. Er betrachtete die kleinen Wellen, die sanft anlandeten, das Meer zog sich zurück, in wenigen Stunden würde hier nur noch grauer Schlick sein.

»Möchten Sie schon etwas trinken?«

»Nein, vielen Dank, ich warte noch.«

Er hatte nicht vor, mit ihrem gemeinsamen Ritual zu brechen.

Er sah sie schon, als sie aus dem Hoteleingang trat, und es war ihm, als wendeten sich alle Köpfe im selben Moment zu dem Kiesweg, der auf die Restaurantterrasse führte. Sie trug ein schlichtes, schulterfreies schwarzes Kleid. Anmutig und ganz und gar unverstellt sah sie darin aus. Er betrachtete ihre Silhouette, sah, wie sich die Muskeln in ihrem Körper bewegten. Alle sahen sie an, als sie den Weg entlangging, die Männer und die Frauen, doch sie hatte nur Augen für ihn. Ihre langen Beine gingen den kleinen Pfad an all den Tischen entlang, als sei der Weg zu ihm vorgezeichnet. Maurice stand auf, als sie nur noch ein Stück entfernt war, und dann stand sie vor ihm, küsste ihn auf die Wange und setzte sich ihm gegenüber. Es dauerte noch eine Weile, bis die Gespräche um sie herum wieder aufgenommen wurden und die Gläser klirrten.

Der Kellner ließ ihnen kaum Zeit, er kam an ihren Tisch, strahlend, selbstverständlich hatte auch er Madame wiedererkannt. Sie bestellten einen Hummer, den sie sich teilen wollten, und anschließend das Rinderfilet, dazu eine Flasche Rotwein aus dem Südwesten.

»Sie haben einen Tursan hier, der ist ganz hervorragend. Lass uns den bestellen, ja?«

Er hätte ihrer Begeisterung nie widersprechen können, nicht einmal, wenn er etwas gegen den Wein gehabt hätte.

Als sie angestoßen hatten, nahm sie seine Hand, die auf dem

Tisch lag. Sie hatten beide Farbe bekommen an diesem Tag, so besah er sich ihre braunen Hände.

»Ich würde so gerne mit dir ins Auto steigen, ganz früh am Morgen, und einfach losfahren. Wir müssen nur gen Süden fahren, über Nantes und dann die Autobahn nach La Rochelle, dann sind wir bald in Bordeaux, und zwei Stunden später sind wir schon in Spanien. Und wenn wir dann das Land im Norden kreuzen, sind wir gleich darauf in Portugal. Wir könnten schon morgen Abend in Porto sein, ich kenne ein wunderbares Restaurant am Strand von Foz, da könnten wir essen.«

»Dann lass es uns tun.«

»Ja, warum eigentlich nicht? Wir sollten es tun. Ich wollte es immer machen, ich träume seit meiner Kindheit davon.«

»Kannst du mir schon dein Geheimnis verraten?«

»Nein, das kann ich noch nicht. Nicht heute Abend. Ich würde es gerne, weil ich dir ja versprochen habe, dass ich keine Geheimnisse will. Aber etwas in mir bremst mich. Es ist keine Lüge. Es ist nur, dass ich noch nicht so weit bin.«

»Weil du an mir zweifelst?«

Sie stand auf, und er fürchtete schon, er habe sie verletzt. Aber sie zog ihren Stuhl zu ihm heran, und dann lehnte sie sich an ihn, ihr Kopf fiel auf seine Schulter, er spürte ihren Atem durch sein Hemd. Es war eine sehr intime Geste, und automatisch sah er sich um.

»Nein, ich zweifle nicht an dir. Und auch nicht an mir«, flüsterte sie. »Es ist etwas … anderes.«

»Aber du willst trotzdem mit mir wegfahren?«

»Ich will mit dir wegfahren – ohne *Trotzdem.*«

»Dann fahren wir morgen früh.«

»Ich muss mir etwas überlegen, wegen der Kinder, weißt du?«

Er nickte schnell. Natürlich. Die Kinder. Die Realität, die einbrach in diese Idee. Natürlich, sie hatte recht.

»Dein Mann wird auch bald zurück sein.« Plötzlich hatte er Lust, etwas kaputt zu machen.

Sie sah ihn an, als suche sie etwas. Ihre Augen waren kleiner geworden, so schien ihm.

»Hör auf damit, ich bitte dich. Das spielt keine Rolle. Das spielt in meinen Überlegungen keine Rolle. Ich wäre froh, wenn du mich nicht herausforderst. Es geht nicht um meinen Mann. Ich sehe uns in Porto in einem Café sitzen und Pasteis de Nata essen, so viel wir können.«

Der Kellner brachte den Hummer, der *bleu* gegrillt worden war. Dominique übernahm es, ihn zu teilen und das Fleisch zu lösen, es schien ihr gutzutun, etwas mit den Händen zu machen, nicht mehr weiterzureden.

Sie aßen und tranken, und das einzige Licht war jenes der Kerze auf ihrem Tisch, denn der Mond lag hinter den Wolken. Der innere Sturm verzog sich, wie er gekommen war.

»Warum hast du sie nicht gesucht?«, fragte sie, als sie die Vorspeise beendet hatten.

»Wen?«, fragte er, obwohl er es wusste, er wollte nur Zeit schinden.

»Das weißt du. Carole. Warum hast du sie nicht gesucht, wenn du glaubtest, das wäre die große Geschichte für dich?«

»Ich hatte Angst. Es waren die Selbstzweifel. Ich dachte, ich hätte alles zerstört, weil ich nicht zu ihr gestanden habe.«

»Aber was ist, wenn sie dich bis zuletzt gewollt hätte?«

»Dann wäre es …« Er brach ab. Er konnte nicht antworten. Es war zu schmerzhaft.

»Angenommen, dein Vater verbietet dir jetzt eine Affäre mit einer verheirateten Frau, wegen deines Rufes. Oder angenommen, ich würde mich jetzt nicht mehr bei dir melden, würdest du mich dann auch einfach vergessen?«

Maurice wollte antworten, als der Kellner die Teller vor sie stellte: das Rinderfilet, diesmal gab es ein Gratin dazu. Er schloss die Augen, weil er diesen Moment nicht mehr aushielt. Als sie wieder allein waren, sagte er:

»Ich glaube, ich habe aus all dem gelernt. Ich habe an diesem Strand etwas gelernt, was mir jetzt hilft. Nein, ich würde für dich kämpfen. Um dich. Und um uns.«

Er sah in ihrem Gesicht, dass die Aufwallung verschwunden war, ihre Züge hatten sich entspannt. Sie sah ihn schief an, dann griff sie nach ihrem Besteck.

Er würde sich nicht mehr erinnern können, worüber sie in den Stunden danach gesprochen hatten, weil er nur noch in ihr Gesicht schaute, auf ihre Lippen, die erzählten, lachten, ihre Zukunft ausmalten. Sie erzählte von Porto, warum sie diesen Ort so liebte. Die alte Buchhandlung mit der Wendeltreppe, der Strand, die sentimentalen Menschen. Sie waren die letzten Gäste, und er sah aus den Augenwinkeln, wie ihnen der Kellner und der Barmann nachsahen, als sie über die Terrasse nach oben gingen.

XX

Sie erwachten früh, weil der Schlaf kurz und heftig gewesen war, sie schliefen ganz anders miteinander, als sie es sonst am Morgen taten, schnell und drängend. Später saßen sie auf der Terrasse über der Bucht, sie aßen Croissants und tranken Kaffee, wie an dem Morgen auf dem Klosterberg. Maurice erinnerte sich an den Abend, sie hatten noch auf dem Balkon des Zimmers gesessen, das Mondlicht hatte sich in dem Laub der Platanen gespiegelt. Sie hatten weitergeredet, ein verliebtes Paar, es war eine leichte Stunde gewesen, spät in der Nacht, als es keine Probleme mehr zu geben schien. Doch nun war Morgen. Ein neuer Tag. Sein Telefon klingelte. Er nahm den Anruf an. Am anderen Ende war eine männliche Stimme. Drängend und kühl.

Als er den Anruf beendete, sah sie ihn besorgt an.

»Was ist?«

Er ahnte, wie blass er aussehen musste.

»Die Arbeiter haben die Fabrik besetzt. Sie drohen, das Gebäude in die Luft zu sprengen. Sie sagen, es gibt keine Hoffnung mehr auf Rettung. Also haben sie die Halle … Wir müssen … Wir müssen nach Cancale.«

»Oh mein Gott, Maurice! Wir müssen sofort los!«

Maurice dachte an Porto. An das, was für sie vorgesehen war.

Dominique bezahlte die Rechnung in Windeseile, sie bestand darauf, der Page lud ihre Koffer ein.

»Ich fahre. Du denkst nach.«

Sie setzte sich ans Steuer, und sie verließen den kleinen Ort, der ihr so viel bedeutete. Die Fahrt verbrachte er wie in Trance. Immer wieder nahm sie scheinbar beiläufig seine Hand, er konnte ihren Gesichtsausdruck nicht deuten. War sie enttäuscht? Aufgeregt? Niedergeschlagen?

»Es ist besser, wenn ich mich oben am Berg absetze und du dann ins Dorf fährst. Ich werde nachkommen. Wenn ich etwas tun kann, dann werde ich es tun.«

Er nickte. Sie stieg schnell aus, hob ihren Koffer aus dem Heck und ging langsam den Berg hoch in Richtung ihrer Villa. Er sah ihr noch nach, dann setzte er sich ans Steuer und fuhr in Richtung Hafen. Auf der Straße war ein Stau, es ging nicht vorwärts. Dort vorne war Blaulicht, viel Blaulicht, er ahnte Schlimmes. Er parkte auf dem Seitenstreifen und ging die zweihundert Meter zu Fuß. Die Autofahrer, die nicht vorankamen, hupten und schimpften. Es lag an ihm. Sie waren wütend auf ihn, dachte er.

Der Bereich um die Fabrik war weiträumig abgesperrt, das Flatterband der Polizei wehte im Wind. Dunkle Wolken lagen über dem Ort, vielleicht würde es bald regnen. Ein Gendarm diskutierte mit einem Mann, der aus dem ersten Auto der langen Schlange ausgestiegen war.

Der Uniformierte hielt Maurice auf, als der versuchte, unter der Absperrung durchzuklettern.

»Halt, Sie dürfen hier nicht durch, Monsieur.«

»Ich bin Maître van der Berge, ich bin der Bevollmächtigte für die Fabrik.«

»Können Sie sich ausweisen?«

Er kramte in seiner Hosentasche und zeigte dem Polizisten seinen Anwaltsausweis.

»Gut, melden Sie sich vorne beim Diensthabenden. Sie gehen auf eigene Gefahr. Die Typen da sind verrückt geworden.«

Der Gendarm kräuselte die Stirn, als habe er so etwas noch nie erlebt.

Maurice ging die paar Meter über die menschenleere Straße, endlich sah er die Fabrik. Oh Gott, dachte er. Es stimmte, was der Polizist am Telefon gesagt hatte. Er wollte es vorhin am Morgen nicht recht glauben. Auf das niedrige Vordach hatten sie vier riesige Gasflaschen gestellt, die roten Kabel leuchteten wie ein Warnsignal. Sie wollten die Halle sprengen, hatten sie gesagt. Als er näher kam, sah er die Versammlung vor der Halle. Da standen die Arbeiter in Reih und Glied, sie hatten Warnwesten übergezogen, sie rauchten und hatten Bierflaschen in der Hand. Die Männer standen um eine riesige Feuertonne, aus der die Flammen schlugen. Offenbar verbrannten sie Autoreifen. Der Rauch war tiefschwarz und dicht. Er betrachtete den Abstand der Flammen zu den Gasflaschen auf dem Dach. Herrgott.

Die Frauen standen in einem Halbkreis und diskutierten. Manche hielten Transparente in der Hand. In der Mitte standen drei Männer. Sie waren die Anführer, Maurice sah es auf den ersten Blick. Einer von ihnen war der Vorarbeiter. Der zweite war sein Chauffeur, der schweigsame Alte. Und … ihm stockte der Atem. Serge Vial. Der dritte Mann war Serge Vial. Der Austernzüchter. Die Mienen der Männer sahen aus wie die Karikaturen störrischer Bretonen. Auf jeder Titelseite hätte der Leser es sofort erkannt. Die zerfurchten Gesichter, die muskulösen Körper, die stolzen, wütenden Mienen. Monsieur Vial hielt ein Plakat in der Hand, auf dem stand:

Paris war unser Ruin.
Unsere Arbeit – unsere Heimat.
Wir werden kämpfen.

Er meinte ihn. Kein Zweifel.

Die Polizisten und Gendarmen standen in reichlichem Abstand zu der Fabrik, sie hatten ihre Schutzwesten an, doch sie waren nicht wirklich in Alarmstimmung. Eher wirkten sie unschlüssig, wie sie mit dieser merkwürdigen Versammlung umgehen sollten.

Es war Monsieur Vial, der ihn zuerst erkannte. Er zeigte auf ihn, die Finger, die nicht das Plakat hielten, ausgestreckt, seine Kippe glomm dazwischen weiter. Sein Gesicht verzog sich, es war Wut. Er sprach leise mit seinem Nachbarn, dem Alten, der gab die Meldung weiter, es war ein Stille-Post-Spiel, das sich wie eine Welle ausbreitete, über den ganzen Fabrikhof.

Maurice aber betrachtete nur die Miene von Serge Vial. Es ging hier nur um sie beide, das spürte er. Und um noch jemanden, die Frau, die bald dazustoßen würde, wie er fürchtete.

Er wandte sich an den Polizisten mit dem höchsten Rangabzeichen auf der Jacke.

»Entschuldigen Sie, Monsieur, ich bin Maître van der Berge, ich bin der Bevollmächtigte der Firma. Ich würde gerne mit meinen Arbeitern sprechen.«

»Sie. Auf Sie haben wir schon gewartet. Ihr Büro in Paris wusste nicht, wie Sie zu erreichen sind. Und dann, als wir Sie erreicht hatten, hat es ja ganz schön gedauert.«

»Ja, entschuldigen Sie, ich war zwei Stunden entfernt, ich bin so schnell gekommen, wie ich konnte.«

»Sei's drum. Ich würde an Ihrer Stelle nicht näher rangehen. Die sind echt sauer. Sehen Sie ja.«

»Meinen Sie, die Männer machen ernst?«

»Mit den Gasflaschen? Keine Ahnung. Ich würde es nicht ausprobieren. Sie wissen ja, dass in ähnlichen Fällen auch mal Firmenbosse als Geiseln genommen werden, wenn die Schließung einer Fabrik droht. Das hier ist nicht Paris, das ist das Land. Da passieren solche Dinge. Und ich will Sie da nicht rausholen müssen. Das sind gute Leute, diese Arbeiter. Auch wenn sie hier solchen Unfug machen. Aber eigentlich … ach, eigentlich haben sie auch recht. Wie mit ihnen umgegangen wurde …«

»Was gedenken Sie denn zu tun?«

»Was meinen Sie denn? Dass wir die Halle stürmen? Mit Waffengewalt? Natürlich nicht. Wenn die Gasflaschen echt sind, dann wäre das keine gute Idee. Wir warten ab. Ich habe ähnliche Fälle erlebt. Wir lassen nicht zu, dass Alkohol und Essen nachgeliefert werden, und wenn es dann regnet, halten die höchstens achtundvierzig Stunden durch. Kein Bier, kein Stress – eine ganz einfache Regel.«

»Das ist es? Sie warten ab?«

»Wenn Sie 'ne bessere Idee haben, dann sagen Sie es mir. Aber wie gesagt: Mit Pariser Regeln kommen Sie hier nicht weit.«

»Jetzt lassen Sie mich doch endlich mit diesem Pariser Unfug in Ruhe. Ich will doch nur wissen, was verdammt noch mal ...«

Er verstummte, als er merkte, wie sich der Gesichtsausdruck seines Gegenübers veränderte. Der Polizist hatte nicht mit einem Wutausbruch dieses kontrollierten Mannes gerechnet – ebenso wenig wie Maurice selbst. Was war denn in ihn gefahren?

Gott sei Dank unterbrach sie eine Stimme von der Seite und sorgte für Ablenkung.

»Maître, da sind Sie ja.«

Es war Madame Le Goff, die sich zu ihnen stellte. Richtig, er hatte sie ganz vergessen. Sie hatte vorhin nicht bei den Streikenden gestanden.

»Madame Le Goff, was ist denn hier passiert?«

Sie sah zwischen ihm und dem Polizisten hin und her, als überlege sie, wie viel sie preisgeben durfte. Dann senkte sie die Stimme, was ganz und gar nicht hilfreich war bei dem Lärm der Schreienden um sie herum.

»Ich war noch nicht da, Sie wissen ja, ich beginne immer erst um acht. Sie müssen sich alle am Ende der Nachtschicht verabredet haben. Dann haben sie die Fabrik verkabelt und die Gasflaschen aufs Dach gebracht. Loïc Hénaff ist wohl der

Rädelsführer. Es muss sein Vorschlag gewesen sein, die Fabrik gewissermaßen als Geisel zu nehmen. Angeblich sollen sie an den Türen Sprengfallen angebracht haben, munkelt man. Wenn die Polizei sich daran zu schaffen macht, dann ... *bumm.*«

Sie hatte die Augen weit aufgerissen und machte eine Bewegung mit der Hand, die einen aufgehenden Pilz andeutete, um die Dramatik ihrer Worte zu unterstreichen.

»Entschuldigen Sie, aber wer ist Monsieur Hénaff?«

Sie schüttelte ungläubig den Kopf.

»Der Mann, der Sie jeden Mittwoch vom Bahnhof abgeholt hat. Herrje, Monsieur van der Berge ...«

Der Alte. Er hatte ihn nie nach seinem Namen gefragt. Er betrachtete den Mann in der Menge, gerade stieß er mit seiner Bierflasche mit seinem Nachbarn, Monsieur Vial, an, dann umarmten sie sich. Es war eine beinahe rührende Geste zwischen zwei älteren Männern; das Ganze sah ein wenig ungelenk aus und gleichzeitig so, als wären sie einander dankbar. Sie lösten sich wieder voneinander, und Maurice betrachtete das Gesicht von Dominiques Schwiegervater. Dessen Augen verengten sich, weil er bemerkt hatte, dass er beobachtet wurde. Er beugte sich wieder zu Hénaff herüber und flüsterte ihm etwas ins Ohr. Der Alte hörte zu, er wirkte sehr aufmerksam und nickte immer wieder, als habe er einen Auftrag erhalten und wolle ihn unverzüglich ausführen.

»Was wollen die Arbeiter denn?«

»Na, hören Sie mal, das ist doch ganz und gar klar: Sie wollen, dass die Fabrik nicht geschlossen wird. Sie wollen ihren Arbeitsplatz behalten. Sie nehmen die Pleite nicht hin – und sie verstehen nicht, warum in den letzten Wochen nichts mehr passiert ist zur Rettung der Firma, obwohl die Aufträge wieder eingegangen sind. Ich hatte Sie gewarnt, Monsieur.«

Der Polizist hatte bisher nur zugehört, doch nun wirkte er unwirsch, als er dazwischenfuhr.

»Gut, hören Sie, klären Sie das untereinander. Wir werden uns in der Einsatzleitung beraten, was wir tun. Wenn es dort wirklich Sprengfallen gibt, dann müssen wir die Arbeiter vor sich selber schützen. Bewegen Sie sich hier nicht weg, Monsieur. Wir sprechen uns wieder.«

»Maître, Sie hätten sich nicht angreifbar machen …«

Madame Le Goff flüsterte, doch sie brach ab, als sie das Fiepen hörte, das vom Megaphon der Arbeiter stammte. Es war die heisere Stimme von Loïc Hénaff, die gleich darauf über den Platz schallte:

»Liebe Freunde, das ist unsere Stunde. Die Stunde, die darüber entscheidet, wie wir unser Leben leben – darüber, wie wir uns behandeln lassen. Ob wir uns rausschmeißen lassen von einer gesichtslosen Heuschrecke aus Paris, die nicht weiß, was wir hier tun, die sich nicht interessiert für unsere Arbeit und die Tradition – die keinen Finger gerührt hat für uns, sondern sich taub gestellt hat, weil wir für diese Menschen einfach nur die dummen Bauern sind. Aber wir nehmen unser Schicksal selbst in die Hand. Wir widersetzen uns. Das beweisen wir. Hier und heute.«

Der Jubel brandete auf und hallte über die Hafenstraße, die Männer und Frauen klatschten und brüllten, ihr Applaus, ihre Pfiffe schienen das Temperament des Alten noch anzufeuern.

»Wir wollen unsere Arbeitsplätze, wir wollen unsere Freiheit. Wir werden auch weiterhin unsere Netze für die Austernzüchter hier in der Bretagne produzieren. Ich glaube, verehrte Ordnungskräfte, dass Sie ohnehin auf unserer Seite stehen – denn auch Sie haben es satt, aus Paris regiert zu werden. Deshalb bitte ich Sie, unterstützen Sie uns in unserem Kampf. Greifen Sie uns nicht an. Denn dann, so gelobe ich es, werden wir die Fabrik in die Luft jagen – mit allen Konsequenzen. Wir wollen keine Verletzten, beileibe nicht, aber wir werden hierbleiben und kämpfen, bis wir unsere Fabrik gerettet haben. Wir sind Bretonen, und wir geben weder unsere Fabrik noch unsere Stadt und unsere Männer und Frauen in die Hand irgendwelcher Marionetten.«

Der Applaus, die Rufe, das Anfeuern – es war ohrenbetäubend, sogar Bürger aus der Stadt klatschten und jubelten mit. Maurice spürte die Gänsehaut.

Sie meinten ihn.

Auch der Polizeihauptmann betrachtete den Redner im Blaumann mit einem sanften Zug auf dem Gesicht. Maurice hatte die ganze Zeit den Alten beobachtet, doch als er die Augen ein wenig schweifen ließ, fing er den Blick von Monsieur Vial auf. Als sich ihre Augen trafen, umspielte den Mund des Austernzüchters ein teuflisches Grinsen, als wolle er sagen: *Das hast du nun davon.*

Maurice verstand. Das hier war nicht sein Land.

Wie von einem tiefen Instinkt geleitet, wandte er sich um.

Da war sie. Sie war es. Dominique. Er wusste nicht, ob er ihren Namen gesagt, ob er ihn laut gerufen oder nur gedacht hatte. Sie lief auf der anderen Straßenseite vorbei, auf dem Bürgersteig, da, wo die Restaurantterrassen mit Touristen und Schaulustigen voll besetzt waren.

Ihr Gesicht war blass, sie sah herüber, die Augen suchten und versuchten gleichzeitig, niemanden zu finden. Ihr Blick traf seinen, doch sie lächelte nicht, blieb nicht stehen, stattdessen beschleunigte sie ihren Schritt, ihre langen Haare wippten auf und ab, als sie im Strom der Passanten verschwand.

Er spürte, wie ihm übel wurde.

»Ich muss weg.«

»Monsieur van der Berge, der Polizist hat doch gesagt, Sie sollen hier …«

Madame Le Goff griff kurzerhand nach seinem Arm, doch er riss sich los und stürzte über die Straße. Hier waren zu viele Menschen, dort, die kleine Gasse, er rannte hinein, dann beugte er sich an eine Hauswand und übergab sich auf den Boden, von dem ein modriger Geruch zu ihm aufstieg.

Ophelia

I

Auf stiller, schwarzer Welle, in der Sterne feiern,
Treibt, eine große Lilie, Ophelia weiß entlang,
Treibt langsam hin, ruhend in ihren weiten Schleiern …
– Aus fernen Wäldern hört man Hörnerklang.

Seit tausend Jahren zieht Ophelias bleicher Schemen
Trauernd hinab des breiten Stromes schwarze Bahn;
Seit tausend Jahren läßt sich leis ihr Lied vernehmen,
In milde Abendlüfte murmelnd süßen Wahn.

Der Wind küßt ihr die Brust, öffnet den Blütenreigen
Der wellenfeuchten Schleier, weich gewiegten Flor;
Auf ihre Schulter weint es aus den Weidenzweigen,
Und ihre große Träumerstirn neigt sich ins Rohr.

Von schwanken, wunden Seerosen wird sie umtrauert;
Sie weckt manchmal, in einer Erle stillem Traum,
Ein Nestchen, dem ein leichter Flügelschlag entschauert:
– Geheimes Singen fällt aus goldnem Sternenraum.

Mercredi, 14 août
Ende, Anfang

XXI

Maurice hielt sich hinter dem rollenden Stand der Bäckereikette *Paul* versteckt, sodass ihm der Duft von Filterkaffee und Croissants in die Nase stieg.

Er lugte dahinter hervor und sah, wie sich der Zug langsam in Bewegung setzte und die roten Lichter nach einer Minute am Ende des Bahnsteigs aus seinem Blickfeld verschwanden.

Der TGV nach Rennes war abgefahren.

Er atmete durch, aber es machte sich nicht die Erlösung breit, die er erhofft hatte. Im Gegenteil. Im selben Moment, in dem der Zug unerreichbar war, überfielen ihn Schwäche und Angst. Nun hatte er die Erkenntnis, dass sein schlechtes Gewissen genauso groß war wie dieses dunkle Gefühl, dass er etwas Wichtiges verpassen würde. Nein, nicht *etwas Wichtiges*. Vielleicht das Wichtigste. Zum zweiten Mal in seinem Leben. Die Chance war vertan. Er war nicht mutig genug. Wieder nicht. Einmal als Junge, nun als Mann.

Sicher, er könnte den Zug in einer Stunde nehmen. Aber er wusste, er würde es nicht tun. Die Entscheidung war nicht mehr abzuwenden. Dafür fehlte ihm die Kraft.

Er riss sich los von dem Blick auf das leere Gleis, das Wirrwarr um ihn erschien ihm nun viel gröber und unerträglicher als während der letzten Wochen, in denen er am Mittwochmorgen einfach in den Zug gestiegen war, ohne auf die anderen Reisenden zu achten.

Maurice verließ den Bahnhof und überquerte den Boulevard. Er wischte sich über die Stirn, aber der kalte Schweiß schien nicht weniger zu werden. Sein Hemd fühlte sich nass und kühl an.

Er setzte sich auf einen Bistrostuhl und hielt sich an der Tischplatte fest. Langsam beruhigte sich sein Atem. Er trank den Kaffee, den der Kellner vor ihn stellte, in kleinen Schlucken. Er griff nach dem *Parisien*, der auf dem Tisch liegen geblieben war. Doch nach Sekunden legte er ihn wieder hin, so, als sei die Zeitung zu schwer für seine müden Hände. Er musste lächeln, er hatte wirklich geglaubt, sich überlisten zu können – als ob lesen ihn jetzt beruhigen könnte.

Die Erkenntnis hatte ihn gestern überfallen: Er würde nicht zu ihr fahren können. Seine Angst war so groß, dass er nicht mehr hatte schlafen können. Die letzte Nacht hatte er wach gelegen und fiebrig nachgedacht, erst im Morgengrauen war er für einige Minuten vor Erschöpfung weggenickt. Die Dusche hatte er auf die heißeste Stufe gestellt, trotzdem hatte er vor Kälte gezittert. Ihm war übel, er wusste nicht, ob ihm jemals wieder nicht mehr übel sein würde.

Sie hatte sich nicht gemeldet. Keine Nachricht, kein Anruf, kein Zeichen, seit er sie auf der Straße hatte vorbeilaufen sehen. Die Blässe im Gesicht, ihre erschrockenen Augen – er konnte den Moment nicht vergessen. Er hätte ein Zeichen gebraucht, damit er wusste, dass er willkommen war – dass sie ihn noch wollte.

Er legte zwei Euro auf den kleinen Teller, dann stand er auf und lief los. Er konnte keine Menschen um sich herum ertragen. Deshalb mied er die Métro, ging stattdessen in Richtung Norden, auf der Rue de Rennes, überquerte den Boulevard, nahm dann die Rue de Seine und stieg am Institut de France die Treppen hinunter zum Quai. In einer Scheibe sah er sein Spiegelbild: Er hatte Tränensäcke, und die Augen lagen tief in den Höhlen. Der Bart, mit dem er sich letzte Woche noch begehrenswert und wild gefühlt hatte, sah nun ungepflegt aus.

Er war ein anderer Mensch, ein Verdammter. Er verdammte sein Selbstmitleid.

Die Stadt schien wie ausgestorben. An so einem Morgen im August waren die Touristen noch in den Museen oder auf einem Ausflug nach Versailles, während die Pariser die Strände im Westen und Süden des Landes bevölkerten. So lief er, langsam, aber stetig flussabwärts, genau am Ufer entlang. Er beobachtete die grüne Seine, die immer wieder kleine Wellen gegen die Mauern schlug, besonders dann, wenn eines der großen und übervölkerten Ausflugsboote vorbei flussabwärts fuhr.

Er spürte die vertraute Einsamkeit, die sich einstellte, sie passte zu dem Weg hier unten, manchmal lief ein Jogger vorbei, oder einer dieser neumodischen Elektroroller glitt lautlos vorüber.

Er erwachte wie aus einer Trance, als ihn auf einmal ein Schatten erfasste. Er sah auf, der Eiffelturm. Maurice war bis zum Port de Suffren gelaufen. Es war beinahe Mittag. Der Kraftmarsch hatte seine Seele beruhigt und seine Sinne geschärft. Er verspürte großen Hunger.

Die Treppe hinauf, dann unterquerte er den Eiffelturm, ignorierte die Schlangen an der Kasse und den Fahrstühlen und ging durch den Champ de Mars, überquerte den Platz und setzte sich in die erstbeste Pizzeria auf der Avenue de Suffren, nur weil sie geöffnet war. Er bestellte ein einfaches Nudelgericht und eine Karaffe Weißwein.

Als der Kellner den Wein gebracht hatte, griff Maurice in die Innentasche seines Sakkos. Er faltete den zerknitterten Artikel auseinander, welchen er nun seit Tagen las. Es war ein Ausschnitt aus der *Ouest-France*, ein kurzer Bericht, der in der Montagsausgabe erschienen war. Er hatte sie am Kiosk auf den Champs-Élysées gekauft.

Besetzung der Fabrik in Cancale unblutig beendet

Siebenundvierzig Stunden nachdem Arbeiter eine Firma für Austernsäcke und Fischernetze besetzt hatten, ist die Belagerung aufgegeben worden. Die fünfundzwanzig Angestellten der Fabrik hatten die alte Halle am Hafen von Cancale mit Gasflaschen verkabelt und drohten, das Gebäude in die Luft zu sprengen. Die Polizei der Bretagne wagte es daraufhin nicht, die Fabrik zu stürmen. Stattdessen wurden Verhandlungen aufgenommen. Zwei Tage und Nächte harrten die Arbeiter vor dem Gebäude aus, dann gaben sie auf. Wie sich herausstellte, waren die Gasflaschen leer, und die Verkabelung war nur eine Attrappe. Echte Gefahr bestand also nicht.

Die Arbeiter, Männer und Frauen aus der Region, wollten die Insolvenz ihrer Firma nicht hinnehmen. Die Kanzlei des Insolvenzverwalters in Paris teilte mit, dass eine Rettung der Fabrik nicht mehr möglich sei. Das Unternehmen sei zahlungsunfähig. Ende des Monats verlieren die Angestellten der Firma also endgültig ihre Arbeit.

Er ließ das Papier sinken, gerade als der Kellner seinen Teller mit den dampfenden Nudeln brachte. Der Wein hatte seine Arbeit getan, jetzt hatte er Hunger.

Als er zur Gabel greifen wollte, klingelte sein Telefon. Er griff danach, als könne er sich daran verbrennen.

»Oui?«

»Maître …«

Cynthia.

»… sind Sie gut angekommen in der Bretagne? Ich wollte kurz die Termine für morgen durchsprechen.«

»Ja, ich bin gut angekommen.«

Sie erzählte ihm zehn Minuten lang, wen er am Donnerstag treffen würde. Sie war nach den Ereignissen der letzten Woche dazu übergegangen, alles minutiös mit ihm abzusprechen. Er war so oft zu spät gekommen – oder gar nicht –, dass sie ihn wie einen Halbwüchsigen behandelte. Sicher glaubte sie, er sei in einer schweren Lebenskrise, stünde kurz vor einem Schlaganfall – oder noch besser: Sie glaubte, er sei verrückt geworden.

Dass er sie eben angelogen hatte, verstärkte seine Ahnung, dass sie damit recht haben könnte.

Er aß langsam und in kleinen Bissen, als sein Telefon schon wieder klingelte. Er erkannte die Nummer, sofort empfand er Scham, er hatte sie alle im Stich gelassen, doch irgendetwas anderes war da auch noch, vielleicht rief sie an, weil … Es war ein leises Gefühl der Hoffnung.

»Oui?«

»Monsieur van der Berge, geht es Ihnen gut?«

»Ja, wieso?«

»Der Fahrer war da, Sie wissen schon, Monsieur Hénaff, er war am Bahnhof. Doch er kam unverrichteter Dinge wieder zurück. Sie waren nicht da.«

»Ja, es tut mir leid, wissen Sie, ich habe eine Erkältung und habe es heute Morgen nicht zum Zug geschafft. Leichtes Fieber.«

Er hustete.

»Dann geht es Ihnen also nicht gut, dachte ich es mir doch, ich hatte so ein Gefühl.«

»Sagen Sie, wie geht es Ihnen? Ich weiß, es muss sich schlimm für Sie anfühlen.«

Er meinte die Ereignisse der letzten Woche, doch Madame Le Goff klang so frisch und ausgeglichen wie ein Frühlingsmorgen. Als wäre der letzte Mittwoch nie passiert. Sogar der alte Hénaff hatte ihn abholen wollen. Auch das war das ländliche Frankreich. Kurzes Aufbrausen, dann war alles wieder beim Alten. Ein Sturm im Wasserglas. Und er war als Einziger nass geworden. Nun gut: Dominique und er.

»Gut, vielen Dank. Ich fange nächsten Monat im *Office de Tourisme* an, es gab dort eine freie Stelle für die Internetwerbung. Es passierte alles innerhalb eines Tages, sie haben mich sofort genommen. Kommen Sie denn noch einmal vorbei wegen der Abwicklung?«

»Oh, das sind aber gute Neuigkeiten. Ich freue mich sehr für Sie. Natürlich komme ich noch einmal, Madame Le Goff. Wir sehen uns nächste oder übernächste Woche.«

»Werden Sie bloß schnell gesund, Maître.«

»Danke.«

Da war noch etwas in ihrer Stimme, das ihn hinderte aufzulegen.

»Und sagen Sie, ich frage mich das, obwohl es mich nichts angeht: Wie geht es Madame Vial?«, wollte sie wissen.

»Wieso fragen Sie mich das?«

»Weil ich mich schäme«, sie lachte, als sei es ihr peinlich. »Ich war zu aufdringlich, ich habe mich in Ihre Privatangelegenheiten eingemischt. Dabei weiß doch jeder, dass Docteur Vial auch kein Kind von Traurigkeit ist und dass die beiden eigentlich längst getrennt sind. Ich habe ja gesehen, wie gut Ihnen Madame Vial getan hat.«

»Was meinen Sie damit?« Er glaubte für einen Moment, dass Cynthia vielleicht recht behalten könnte, vielleicht hatte er gleich einen Herzinfarkt.

»Ach, Sie waren so ... so lebendig. Sie waren ... hmm, wie sage ich das? Vorher, da fand ich Sie so kontrolliert, so gezähmt. Aber dann, später, als das alles begonnen hatte ... wäre ich zwanzig Jahre jünger, Madame Vial hätte eine echte Konkurrentin bekommen.«

»Ich muss jetzt auflegen, Madame Le Goff.«

»In Ordnung. Merci, Maître. Wir sehen uns in Cancale.«

Er konnte ihr Lächeln durch den Hörer wahrnehmen. Dann drückte er schnell die Taste, legte auf und schob seinen Teller von sich. Stattdessen zog er sein Glas heran und nahm einen tiefen Schluck.

Mercredi, 21 août
Amour – Amor

XXII

Irgendwo über Galicien ging die Sonne auf. Sie hatte sich als rote Sichel gezeigt, ganz hinten, dort, wo das Mittelmeer sein musste. Unter ihnen war der Ozean, Maurice sah ihn aber nicht. Mittlerweile flogen sie über ein Bett aus weißen Wolken. Eben war er erwacht, nachdem er gleich nach dem Start in Charles de Gaulle eingeschlafen war.

Die Aufregung, die Maurice in diesem Moment erfasste, hielt an, als die Maschine auf der Landebahn aufsetzte und dann mit großem Getöse eine wilde Bremsung eingeleitet wurde. Als er wenig später seinen Koffer über die Gangway schob, fühlte er die Aufregung noch immer, und auch als er in der U-Bahn saß, die ihn ins Zentrum brachte, konnte er sich nicht beruhigen. Sie fühlte sich an wie ein Bienennest in seinem Bauch, aber es war ein schönes Gefühl, das ihn wärmte und von dem er sich wünschte, dass es nicht wieder verschwand. Nie wieder.

Er stieg in die alte Straßenbahn der Linie 1, die sich gleich darauf rumpelnd in Bewegung setzte. In jeder Kurve quietschte es, doch er genoss die Exotik des historischen Gefährts genau wie den Geruch des alten Holzes und des Leders der Sitze. Der Blick hinaus auf den Fluss war phänomenal. Die alte Bogenbrücke querte den Douro, drüben in Vila Nova de Gaia leuchteten die weißen Häuser und die roten Dächer der Portweinlager um die Wette. Schnittige hölzerne Jollen schaukelten auf dem Fluss, der immer breiter wurde, je näher die Straßenbahn dem Atlantik kam.

Das Fenster über Maurice stand offen, so strömte die heiße

Luft herein. Hier schien es noch mal wärmer zu sein als in Paris in den letzten Tagen, dafür ging ein leichter Wind vom Meer aus.

Immer wieder waren da Angler, ihre silbernen Ruten ragten ins Wasser, die Sehnen so dünn, dass sie nur als schillernde Striche zu erkennen waren. Maurice griff in das kleine Fach an seiner Tasche und nahm den Brief heraus, der zwei Tage vorher angekommen war. Er war so wichtig wie ihr erster. Ohne den ersten keine Begegnung, ohne diesen hier keine Zukunft. Und keine Erklärung für die Vergangenheit.

Cher Maurice,

ich habe auf dich am Bahnhof gewartet, vorgestern, am Mittwoch. Ich habe den alten Hénaff in seinem Wagen sitzen sehen, als wäre nichts gewesen.

Für die Menschen in Cancale ist es auch so, als sei nichts gewesen. So ist das in der Bretagne. Wenn sie unzufrieden sind, machen sie ihren Standpunkt klar. Ob das etwas ändert oder nicht. In beiden Fällen geht dann das Leben weiter. Du wirst es nicht verstehen, du bist nicht von hier. Ich auch nicht. Vielleicht verstehe ich es ja auch nicht.

Ich habe dich da gesehen am vorletzten Mittwoch auf der Hafenstraße. Ich konnte aber nicht stehen bleiben. Es war einfach zu gefährlich – für uns beide. Dass es dir komisch vorgekommen sein könnte, habe ich erst gemerkt, als du nicht kamst, an diesem Mittwoch. Ich bin fast verrückt geworden vor Schmerz. Dabei wollte ich dir an diesem Tag auf einer Fahrt zur Pointe du Grouin alles erzählen. Die Felsenbucht ist ein herrlicher Ort, um Vögel zu beobachten und um sich zu lieben. Ich wollte dir dort alles über mich erzählen. Die Wahrheit. Endlich. Um hinterher zu sehen, ob du es so fühlst wie ich.

Es sollte unser Mercrèdi-sur-Mer sein. Unser entscheidender Mittwoch am Meer.

Wir kennen uns.

Schon sehr lange.

Wenn ich das jetzt schreibe, wirst du mich verstehen, auch wenn du vielleicht meinst, ich hätte dich verraten. Aber so war es nicht. Ich musste mir sicher sein. Jetzt bin ich es.

Carole war meine Schwester. Du hast ihr den schönsten Sommer ihres Lebens beschert. Das habe ich schon bemerkt, als ich euch zusammen gesehen habe. Wir waren nicht auf diesem Campingplatz am Meer wie ihr mit eurer Gruppe von der katholischen Jugend. Ich war noch zu klein, wir waren in der Nähe in einer kleinen Pension. Ich war viel am Strand, ich habe die Zeit mit Maman und Papa genossen. Aber ich war auch dreimal dort, bei euch, auf dem Zeltplatz, mit meinen Eltern, als wir meine Schwester besuchten. Ich war elf. Ich habe Carole nie wieder so glücklich gesehen wie mit dir an der Hand.

Weißt du, ich bin froh, dass du nicht nach ihr gesucht hast. Es hätte dir das Herz gebrochen, wie es meines gebrochen hat.

Es war ihr letzter Sommer. Sie ist im Winter im Eis eingebrochen, oben auf einem See in den Ardennen, ganz nah bei der Stadt. Es war ein strahlender Tag, sonnig, kalt, klar, ein Tag, den wir beide geliebt haben. Sie wollte Schlittschuh laufen, ich wollte lieber mit meiner besten Freundin spielen. Sie war mit zwei ihrer Freundinnen dort. Sie haben beide überlebt, aber für Carole waren die Pompiers zu spät, sie haben sie nicht mehr lebend herausholen können. Sie ist erfroren, ertrunken in diesem See. Ich habe jahrelang geweint. Aber irgendwann Trost gefunden bei dem Gedanken, dass sie einmal im Leben richtig geliebt hat. Nicht so wie mich, Maman oder Papa. Sondern mit dem pochenden Herzen. So wie sie dich geliebt hat.

Als ich viele Jahre später sehr krank wurde, wäre auch ich fast gestorben. Aber ich wusste, dass das nicht sein darf. Ich habe gekämpft. Die Narbe zeugt davon. Du hast mich nie danach gefragt. Ich bin mir aber sicher, dass wir noch darüber gesprochen hätten. Du wolltest mir wohl den Raum lassen.

Ich habe das Foto von euch beiden gehütet wie einen Schatz. Es war in ihrem Zimmer versteckt. Das Foto am Strand. Carole & Maurice. *Sie hatte es mit Filzstift auf die Rückseite geschrieben.*

So habe ich dich gleich erkannt, als du ins Hotel kamst.

Maurice. Maurice. So hat sie dich immer genannt.

Maître van der Berge. So hießest du plötzlich.

Ich habe es nicht fassen können. Als ich den Namen bei der Reservierung las, bin ich zusammengezuckt, wie immer, wenn er mir begegnet ist. Aber als ich dich dann sah, da musste ich mich festhalten. Lieber Gott, was hast du mit mir vor, habe ich gebetet.

Ich habe dich gesehen und gespürt, was Carole gespürt haben muss.

Ich hoffe, das ist nicht anmaßend.

Aber es war so. Ich habe mich in dich verliebt. In der ersten Sekunde.

Mehr Macht kann das Schicksal nicht haben. Diese zweite Chance, die Carole uns von dort oben schenkt. Denn das weiß ich sicher: Es ist ihr Geschenk an uns.

Es ist viel, aber es ist nicht anders möglich: Ich habe mich am Wochenende von meinem Mann getrennt. Ich werde die Kinder großziehen, er wird in Afrika leben und sie in den Ferien zu sich holen. Ich will dich nicht erschrecken. Wenn das unser Schicksal ist, wird es dich nicht erschrecken. Deshalb schreibe ich es frei und klar:

Ich könnte jetzt viel erklären.

Aber dafür haben wir so viel Zeit.

Ich will mit dir leben.

Ich hoffe, du willst das auch.

Ich sehe dich in Porto. Am Mittwochmittag.

Am Strand von Foz. Es ist der Strand des Lichts.

Bis dann. Ich liebe dich.

Deine Dominique

Er hatte recht gehabt. Mit so vielem. Ohne es zu ahnen. Er hatte sie erkannt, ohne darauf zu kommen. Am Strand, als sie auf dem Felsen lagen. Die Wildheit in ihren Augen, die denen ihrer Schwester so ähnlich waren. Ihre Traurigkeit, als er über Carole gesprochen hatte. Ihre Traurigkeit und ihre Rührung. Die Vergangenheit und die Zukunft.

Am Passeio Allegre stieg er aus, weiter fuhr die Straßenbahn nicht. Er ging durch einen kleinen Park, hinter dem die typischen Häuschen der Stadt standen, niedrige Bauten mit bunten Fensterkreuzen, die Wände waren mit Azulejos besetzt oder fein ziseliert. Als er die Praia das Pastoras erreichte, musste er einen Moment innehalten vor Überraschung. Darüber, wie aus dem Flüsschen Douro einfach so der Ozean geworden war – mit welchem Krachen die Wellen hier heranpflügten, Naturgewalten mit Sonnenglitzer obenauf.

Noch ein Stück weiter gen Norden, in Foz, badeten die Touristen genau neben den Einheimischen. Es war ein buntes Flimmern, die Sonnenschirme, die Strandverkäufer, der Geruch von Sonnencreme.

Er erreichte Praia da Luz vor der Zeit. Also zog er am Strand die Schuhe aus und stellte sie hinter die hohe Mauer in den Schatten. Die Socken stopfte er hinein. Am Ufer krempelte er die Hosen hoch und machte einen großen Schritt ins Wasser. Eisige Wellen mitten im Sommer. Sie umfingen seine Füße, sodass er schneller atmete. Er spürte die Frische, das Kitzeln. Er musste lachen. Endlich. Maurice lachte und lachte, er konnte gar nicht mehr aufhören. Ein kleines Kind neben ihm sah ihn erst merkwürdig an, und dann lachte es einfach mit. Er musste die Augen mit der Hand beschirmen, weil er das Schiff draußen am Horizont erkennen wollte, als er hinter sich ihre Stimme vernahm.

»Maurice, Liebster …«

Merci

Ich liebe die Bretagne, und Cherrueix war der erste Ort, in dem meine Eltern und ich nach der Wende in Frankreich Urlaub gemacht haben. Dieser Urlaub hat den Grundstein gelegt für meine tiefe Liebe zu unserem Nachbarland, für meine tiefe Verbundenheit mit den Franzosen. Cancale war auch dabei, und ich habe dieses Städtchen nie vergessen können. Saint-Malo, unglaublich, diese Stadt. Und der Berg über dem Meer, der Mont-Saint-Michel, falls Sie noch nicht da waren: Reisen Sie dorthin und bleiben Sie über Nacht. Schlendern Sie nachts um eins allein oder zu zweit durch die Gassen und verlieben Sie sich in dieses Wunder. Ich bin euch dafür sehr dankbar, Maman und Papa (+Yellow, der war nämlich auch dabei).

Ich danke Marc, der auf einer unvergesslichen Reise nach Charleville-Mezières dabei war. Ich danke Adrian, der diese Reise länglich mit mir ausgewertet hat. Und ich danke Bénédicte, ohne die es dieses Buch nicht geben würde.

Aus Châtellerault in der Vienne habe ich berichtet, als französische Arbeiter von einem Autozulieferer genau das taten, was ich hier beschreibe. Auch in ihren Gasflaschen war nur heiße Luft, aber der Pastis in ihren Flaschen war echt. Ich danke Dunja Sadaqi, Christophe Obert und Romy Straßenburg für diese Reisen ins französische Herz des Arbeitskampfes. Romy & Rémy Métriau danke ich zudem für ihre unschätzbare Hilfe bei diesem Buch.

Hey, Nina Heinke, danke, du bist der Kracher, und dein Cover ist so schön, dass ich mich jeden Tag freue, wenn ich das Buch sehe. Ganz ehrlich, jeden Tag.

Danke an die tollen Teams bei HoCa, Atlantik, an Aylin, merci, chère Rebekka, danke an Mohrbooks in Zürich und danke Ihnen allen, liebe Buchhändlerinnen und Buchhändler, die in diesen schwierigsten Zeiten dafür gesorgt haben, dass zumindest das Reisen im Kopf möglich ist. Ihnen, liebe Leserinnen und Leser, gilt ohnehin mein steter Dank – denn ohne Sie wäre das alles nichts.

Vive la France, vive l'amour!
J+M+J = Je vous aime.

Über den Autor

Alexander Oetker, geboren 1982, ist Bestsellerautor und TV-Journalist, als Frankreich-Experte von RTL und n-tv berichtet er seit 15 Jahren über Politik und Gesellschaft der Grande Nation. Er ist zudem Kolumnist und Restaurantkritiker der Gourmetzeitschrift *Der Feinschmecker*. Seine Krimis um Luc Verlain sind Erfolgsgaranten im Buchhandel, für *Mittwochs am Meer* erhielt er die DELIA, den Literaturpreis für den besten Liebesroman des Jahres. 2022 wurde Alexander Oetker außerdem mit dem Deutsch-Französischen Freundschaftspreis des Saarlandes ausgezeichnet. Er lebt *en famille* in Brandenburg, Berlin und an der französischen Atlantikküste.

Mehr Informationen zum Autor: *www.alexander-oetker.de*